COLLECTION FOLIO

Annick Geille

La voyageuse du soir

Gallimard

Annick Geille est directrice de la rédaction du magazine *Femme*. Elle a déjà publié *Portrait d'un amour coupable* (prix du Premier Roman, 1981) et *Une femme amoureuse*.

A la mémoire de Marie Geille.

Ferme les belles mains et les yeux du voyage,
Ecoute les raisons de tes murs restés sages.
C'est par ici, te dis-je, par ici,
Quelqu'un t'a pris la main qui t'attendait aussi
Pour écarter ce long sillage de ton cœur
Qui ne pouvait pas croire à la fin du voyage.

JULES SUPERVIELLE
Le Forçat innocent

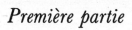

Première partie

Juliette Pitanguy avait mille qualités mais elle perdait patience en présence de sa fille. Aussi, ce soir-là, lorsqu'elle entra dans la chambre des enfants pour découvrir que l'aînée se pavanait dans sa robe de mariée, la gifla-t-elle à toute volée.

« Qui t'a permis de fouiller dans mes affaires ? »

L'adolescente, bras levés pour esquiver les coups, arborait une expression si contrite, elle qui, d'ordinaire, prise en flagrant délit, en rajoutait dans l'insolence, que Juliette dut y regarder à deux fois avant de mesurer l'importance des dégâts. La robe nuptiale — souvenir du plus beau jour de sa vie — semblait métamorphosée. L'ourlet, à présent, se trouvait aux genoux. La petite garce avait coupé, cousu le tissu grège dont le nouveau tombé répondait, il est vrai, aux exigences de la mode. Couturière à domicile, Juliette Pitanguy ne put s'empêcher d'admirer au passage le travail accompli.

« Comment as-tu osé me faire ça, monstre », gémit-elle, levant les yeux au ciel en signe d'impuissance, et l'on pouvait se demander si la question concernait le crime présent de l'adolescente ou celui, plus ancien, qui l'avait fait exister. Depuis toujours, les deux femmes ne cessaient de s'affronter. La fille trouvait du plaisir dans son rôle de trouble-fête, la mère se souvenait, lors de chaque altercation, combien, durant sa grossesse, elle avait espéré la venue d'un garçon. Las, il lui avait fallu admettre sa défaite. Cet enfant conçu trop tôt et qui l'avait épuisée avant de venir au monde n'était qu'une perdante, une pisseuse, comme elle. Dix-huit ans plus tard, la coupable se taisait.

« Tu vas voir quand ton père va rentrer », gronda la couturière dont la voix perdait de sa distinction lorsqu'elle se fâchait. La colère l'obligeait à poser le masque qu'elle portait pour ressembler à ses clientes, des bourgeoises dont les maris, avocats ou notaires, fréquentaient le cercle du Commerce auquel Henri Pitanguy, officier marinier, n'avait pas accès. Pour les Lorientaises exigeantes en matière de mode, mais près de leurs deniers, Juliette confectionnait des modèles sur mesure, qu'elle copiait dans *Jours de France*. A force de rogner sur les tarifs et de soigner les délais, elle s'était constitué une clientèle triée sur le volet. Pourtant, malgré ses talents — dont toute la ville reconnaissait qu'ils étaient grands — et les mots d'affection que savait lui prodiguer sa pratique, Juliette souffrait de sa condition. Elle mesurait chaque jour davantage ce qui la séparait de ces femmes qui l'appelaient par son prénom, lui demandaient des nouvelles de ses enfants, mais vivaient dans un autre monde, auquel elle n'aurait jamais accès. Quand les bourgeoises venaient à

14

Lanester, dans l'Impasse, chercher leurs vêtements, les voisins des Pitanguy, petits employés ou ouvriers qualifiés, rendaient grâce à la couturière de voir surgir dans l'immeuble ces élégantes dont le parfum persistait longtemps. Elles quittaient l'appartement des Pitanguy munies de leur précieux fardeau — la robe ou la jupe qu'avait cousue Juliette — en recommandant à Marie de bien travailler à l'école. Le nez contre la fenêtre de la chambre, la fille de Juliette les épiait tandis qu'elles ouvraient la portière de leurs voitures, apparitions d'un monde d'autant plus attrayant qu'il semblait à portée de la main.

A leur contact, au fil des années, la couturière avait acquis le mépris de sa classe qu'elle dissimulait tant bien que mal à son mari, Henri Pitanguy, que la fortune des autres ne dérangeait pas. Au lieu d'envier les bourgeois du centre ville, l'officier marinier rendait grâce au ciel d'avoir épousé une Brestoise dont la beauté, singulière, loin de se faner, augmentait avec les ans. Juliette Pitanguy était de ces femmes un peu lourdes à vingt ans et qui perdent, avec l'âge, leur épaisseur en gardant leur éclat. De celles qui, conservant jusque dans la maturité les épaules rondes et la taille fine, font l'envie des hommes, le soir, dans les cafés.

Juliette secouait Marie comme un prunier, quand surgit l'officier marinier, alerté dès l'entrée par les cris de sa femme.

« Elle a saccagé ma robe, Henri, tu entends ? » hurla la couturière.

Le père était de ces hommes plutôt doux qui deviennent dangereux quand on les excite. Il supportait tout sauf les pleurs de son épouse. Quand il détacha sa ceinture pour administrer une correction à sa fille, Marie fila vers la salle de bains. Dans sa fuite, elle perdit le serre-tête qu'elle s'était fabriqué pour aller danser. Un bandeau de tulle ivoire, orné d'une rose beige, en satin. Il tomba aux pieds du père qui, dans sa rage, le piétina, et sous les semelles réglementaires de la marine française, la rose éclata en mille pétales dérisoires.

« Attrape-la donc ! » cria Juliette. L'homme se lança à la poursuite de la fugitive qu'il finit par empoigner : la robe se déchira en un craquement sinistre. Peu après, Marie sentit quelque chose de chaud couler sur son menton. Baissant la tête, elle découvrit du sang sur la robe de fête. Il avait dû la frapper de la main gauche, celle de la chevalière en or.

Profitant de l'émoi paternel — Henri n'avait pas voulu cogner aussi fort — Marie ouvrit prestement la fenêtre de la salle de bains qu'elle enjamba avant que le père ne pût la rattraper.

Assise sur le rebord, elle contempla, six étages plus bas, le ballet des parapluies dont les ronds noirs composaient, dans la bruine qui gommait les aspérités du trottoir, une fresque irréelle. Elle cria au secours et les passants levèrent la tête, dans l'espoir qu'il y aurait des morts, du sang. Du sang, il y en avait sur la robe nuptiale qui ne serait plus utile à personne. Qu'allait-elle porter pour aller danser avec Philippe Garnier ? Penser à l'étudiant lui mit du baume au cœur. Elle sourit, rassérénée, mais hurla plus fort pour faire peur aux siens. Grâce à Philippe, et puisqu'elle venait d'être reçue au baccalauréat, sa vie dans l'Impasse touchait à sa fin. En septembre, il l'emmenait à Paris, c'était décidé. Philippe l'hébergerait dans un studio que louaient ses parents. Il terminerait son droit, elle s'inscrirait aux Cours Chaizeau, à Pigalle, qui formaient aux métiers de la mode. Ensuite, elle ferait un stage chez un couturier. Les Pitanguy finiraient bien par accepter qu'elle menât sa vie.

Elle ferma les yeux pour se livrer au vertige qui la gagnait, comme un plaisir. En bas, très loin, des fourmis s'agitaient. Les badauds attendaient en vain le grand saut dans le vide. Jamais elle ne leur donnerait ce frisson qu'ils escomptaient. Ce qu'elle voulait, au contraire, c'était vivre, et si possible à Paris, avec Philippe Garnier.

Dans l'immeuble clapier qui jouxtait celui des Pitanguy, des voisins se cachaient derrière les voilages pour épier Marie. Un suicide, même manqué, c'était plus drôle que les informations à la télévision. Derrière chaque fenêtre à vingt heures, on voyait danser la lumière bleutée des téléviseurs. Quand le film se terminait le dimanche soir, on entendait résonner en cascade le bruit des chasses d'eau.

Elle se pencha dans le vide. Grâce à elle, les ouvriers de l'Impasse oubliaient qu'ils s'en iraient à l'aube le lendemain vers l'usine ou le chantier.

« Si vous faites un pas de plus, je saute.

— Allons, ma grande, sois raisonnable. »

L'officier marinier avait sa bonne voix. Celle qu'il réservait à Juliette. Ce devait être agréable de vivre près d'un homme qui vous parlait sur ce ton-là. On devait s'habituer aux intonations tendres, à

17

l'indulgence qui caressait les mots, à la douceur qui enjolivait les phrases. Marie Pitanguy n'avait droit qu'aux mots tranchants, aux voix sévères. Elle méritait ce traitement, car elle faisait tout pour gâcher la vie de ses parents. Pourquoi son frère René avait-il toujours raison ? C'était facile d'être gentil, lorsqu'on vous décrétait tel une fois pour toutes.

« Allons, ma grande », répéta le père.

Fallait-il que tout soit mal fichu pour qu'il eût ce premier mot d'affection alors qu'elle les menaçait de sauter dans le vide ! Quand il rentrait de voyage, Henri Pitanguy posait son sac de marin dans l'entrée et disait aussitôt à sa fille :

« C'est toi ? Qu'as-tu encore fait à ta pauvre mère ? »

Puis il traversait le couloir, sans s'arrêter. Son indifférence semblait un puits sans fond dans l'ouverture duquel, lors de cauchemars récurrents, Marie se penchait jusqu'au vertige en criant son nom.

Elle entendit une porte claquer, reconnut la voix de son frère René.

« Que se passe-t-il ?

— Rien. C'est encore ta sœur. »

A bord de son navire l'*Inflexible,* Henri Pitanguy avait maté des fortes têtes. On leur faisait faire le quart toute la nuit, et au bout de trois nuits, les rebelles devenaient doux comme des agneaux. Le sous-officier s'approcha à pas de loup et empoigna sa fille par la taille. La poussant à l'intérieur, il soupira, soulagé. Elle tomba sur le carrelage glacé, et les observa tous les trois, tandis qu'elle gisait, les bras en croix dans sa robe tachée de sang. Vus d'en bas, leurs visages s'allongeaient démesurément. On aurait dit des inconnus, à la mine inquiétante. C'est mon père, ma mère et mon frère cadet, songea-t-elle, étonnée. C'est ici, chez eux, que je suis née.

« Ferme donc la fenêtre, Henri, le petit va prendre froid », s'exclama Juliette en quittant la pièce.

Le sous-officier obéit. Marie Pitanguy pleura, la tête cachée dans ses bras.

*

Plus tard, ce soir-là, quand le calme fut revenu chez les Pitanguy, Marie se dirigea pieds nus vers la chambre de ses parents, pour les épier, comme elle le faisait souvent, par le trou de la serrure.

« Tu ne crois pas que j'y suis allé un peu fort ? »

Adossé contre les oreillers, le père observait Juliette qui allait et venait, revêtue d'une nuisette transparente.

« On voit que tu ne vis pas avec elle toute l'année.

— Que va-t-on faire d'elle à la rentrée ? »

Juliette fermait les volets. On devinait ses hanches pleines que la chemise de nylon révélait à contre-jour.

« René aussi doit faire des études. Nous ne pourrons tout payer.

— Et cette école de mode à Paris, dont elle parle tout le temps ?

— On verra. »

Juliette se laissa choir sur le bord du lit et saisit le

réveil pour le remonter. Ses lèvres pincées, son regard dur prouvaient que la conversation avait assez duré. Le sous-officier soupira. « Et si on oubliait Marie ? » Il prit sa femme dans ses bras en ouvrant largement les draps. Juliette sourit puis éteignit la lumière, sûre de son pouvoir. Le silence se fit, rompu par des soupirs, des chuchotements. C'est ainsi qu'ils m'ont fabriquée, pensa l'aînée. Ils s'endormaient toujours après. C'était le moment de filer. Elle déserta son poste d'observation, et traversa, ses chaussures à la main, le couloir qui menait vers l'entrée. S'emparant de la clef que Juliette laissait toujours sur la serrure, elle tourna doucement le loquet. Fugueuse experte, elle referma la porte des Pitanguy sans un bruit, mit la clef dans sa poche, chaussa ses sandales d'été. Puis, sur le palier, elle respira profondément, comme un nageur qui remonte à la surface.

*

Elle courut à travers les rues désertes. La pleine lune éclairait les maisons basses aux volets clos. Elle regarda sa montre. Minuit. Rue de la Soif, derrière le port, elle reconnut l'hôtel de loin. Une double rangée de lampions encadraient la porte vitrée en clignotant à intervalles réguliers comme si le bâtiment, échoué par erreur, avait prétendu servir de phare aux égarés. Parmi les maisonnettes du quartier, sur les façades desquelles veillaient des vierges en porcelaine, l'immeuble s'élevait assez haut pour que, du dernier étage, l'on pût contempler d'un côté la mer, et de l'autre, la voie ferrée. A l'hôtel des Voyageurs, même aux mineurs, on ne posait pas de question. Chaque fois qu'elle poussait la porte du bistrot à marins, c'était la même impression : celle de rentrer à la maison. Comme d'habitude, elle eut quelques difficultés à distinguer dans la pénombre bruyante le visage des habitués. Derrière le comptoir, le patron et sa compagne, Marie-Louise, jouaient aux cartes. Depuis le temps que Marie Pitanguy fréquentait leur établissement, ils avaient pris la lycéenne en affection et compris que malgré sa jeunesse, elle ne leur créerait pas d'ennuis avec la maréchaussée. Marie s'approcha du comptoir où elle reconnut Sarah et Bethsabée, deux filles qui démarraient à peine dans le métier et que Marie-Louise avait formées. C'était la patronne en effet qui, à ses heures perdues, donnait des conseils aux entraîneuses qui fréquentaient son bistrot, quand celles-ci avaient l'heur de lui plaire. Elle leur apprenait les ficelles d'un métier qu'elle avait dû exercer jadis, comment, par exemple, boire avec les hommes sans s'enivrer ni, bien sûr, rien débourser. Quant au patron, un Corse originaire de Bastia, et qui avait eu, selon Marie-Louise, une jeunesse agitée, il tolérait que ses chalands prissent l'hôtel pour un clandé pourvu qu'ils y missent les formes. Il fallait payer la chambre d'avance, pour la nuit, et ne pas faire de bruit.

« Tu en fais une tête ! » Marie-Louise s'approcha de sa protégée.

« Encore des histoires avec tes vieux ? » renchérit Bethsabée, qui, avec son nez à peine busqué, ses yeux noirs trop maquillés et ses cheveux crêpés, ne manquait pas d'autorité. Marie avait envie d'enfouir sa tête entre les larges seins de Marie-Louise, qui, toute l'année, débordaient de ses décolletés provocants. Là seulement, elle pouvait se laisser aller, fermer les yeux pour entendre ce cœur battre tout près, se sentir à l'abri du monde, de Juliette et de René, le préféré. Marie-Louise n'avait pas besoin qu'on lui expliquât les choses, elle devinait sans qu'on eût besoin de parler. Aussi interrompit-elle son jeu pour venir, de l'autre côté du bar, s'asseoir près de Sarah et Bethsabée.

« Raconte », dit-elle et sa main lourdement baguée vint se poser sur la joue de Marie Pitanguy. Bethsabée se taisait, fumant comme une femme du monde et c'était cette élégance dans le geste que Marie-Louise avait d'emblée remarquée.

Une fille qui tenait sa cigarette de cette manière désinvolte, quoique maîtrisée, devait, un jour ou l'autre, perccr. Marie-Louise ne s'intéressait pas à toutes les filles qui voulaient tapiner. Il fallait, pour faire partie de son troupeau, présenter au départ quelques dons qui, si maigres fussent-ils, suffisaient à déclencher de l'intérêt chez la patronne. Marie-Louise savait distinguer celles qui avaient de l'avenir dans le métier, des autres, qui s'usaient trop vite. Au fil des ans, elle s'était constitué une équipe restreinte mais qui faisait la fortune de l'hôtel. Aux Voyageurs, en effet, les marins qui s'offraient une professionnelle, estampillée par la patronne, ne risquaient pas plus les maladies que l'ennui. Les filles savaient mieux que partout ailleurs rue de la Soif tenir une conversation, poser les bonnes questions ou se taire, c'était selon.

Chaque fois qu'elle poussait la porte du bistrot,

Marie Pitanguy se demandait ce qu'aurait pensé Juliette si elle l'avait vue dans ce bouge où même Henri Pitanguy, qui avait beaucoup voyagé, ne mettait jamais les pieds. Se retrouvaient aux Voyageurs tous ceux dont les autres tenanciers ne voulaient pas, sous prétexte qu'ils avaient tendance, à l'aube, à s'entre-tuer. Le Commandant régnait sur ce petit monde sans avoir besoin de répéter qu'il était le patron, car il en imposait par ce passé d'aventures dont, même à Marie-Louise, il ne parlait guère. Ce soir-là, Marie Pitanguy tint les entraîneuses en haleine en expliquant comment et pourquoi elle avait perdu sa robe de fête.

« Ça marche toujours avec ton jules ? »

Sarah observait la petite d'un air envieux.

« Tu imagines, dit Bethsabée, un type plein aux as qui l'invite à Paris. Quelle aubaine ! »

Ses cheveux blond filasse, relevés en chignon banane, selon la mode de l'époque, allongeaient son visage poupin. Son décolleté laissait entrevoir ses seins généreux mis en valeur, sur les conseils de la patronne, par un soutien-gorge à balconnet.

« Elle finira bien par l'épouser, si elle sait se débrouiller, soupira Sarah, soudain mélancolique.

— Un grand mariage en blanc, à l'église, dit Bethsabée, les larmes aux yeux.

— Ça va pas la tête ? l'interrompit Marie-Louise. Marie ne va pas à Paris pour faire une fin, mais pour tout commencer.

— C'est vrai, murmura Marie Pitanguy, surprise comme toujours que la patronne sût tout deviner.

— C'est pas à moi que ça arriverait », ajouta

Bethsabée. Puis elle se pencha vers Marie Pitanguy.

« J'ai une idée, pour ta robe.

— Question fringues, Bethsabée c'est quelqu'un ! » ajouta Marie-Louise en soufflant la fumée de sa cigarette vers les rangées de bouteilles qui brillaient devant elle, dans l'obscurité. Bethsabée se leva soudain de son tabouret et se dirigea vers l'escalier qui menait, dans l'arrière-salle, aux chambres des filles. Le patron, surnommé par ses clients le « Commandant », s'approcha intrigué, lorsque Bethsabée redescendit pour tendre à la lycéenne un paquet mal ficelé. Marie Pitanguy déploya, sous les yeux admiratifs du Commandant, une robe rouge, fendue sur le côté, qui ne ressemblait en rien à toutes les tenues de soirée que Marie, au fil des ans, avait dessinées.

« Tu m'en diras des nouvelles, dit Bethsabée, fière de son effet. Avec ça, j'ai toujours obtenu ce que je voulais. C'est Marie-Louise qui l'a achetée pour le premier type que j'ai fait payer, ajouta-t-elle, modeste.

— A Paname, ton Philippe, il aura intérêt à te surveiller », déclara le Commandant qui, comme bien des Corses en exil, semblait expert en villes, en femmes, et en vie nocturne. Marie eut beau dire qu'elle ne pouvait accepter, Bethsabée insista. On la pria même d'aller essayer la robe derechef, afin que l'assistance pût juger de l'effet qu'elle produirait, à Paris, sur Philippe Garnier. Avec les riches, il fallait se méfier. Elle finit par obéir.

« Cette enfant a de l'avenir », murmura Marie-Louise dès que la petite eut le dos tourné.

Marie se dirigea vers le sous-sol, où, debout dans les toilettes, elle passa la robe rouge de Bethsabée. Au-dessus d'un minuscule lave-mains sur lequel croupissait un torchon sale, un miroir brisé réfléchissait sa victoire. La robe lui allait à merveille. Elle semblait faite pour elle. Quand elle revint vers le bistrot, le Commandant qui la vit surgir dans son fourreau époustouflant en resta une seconde interdit, puis, se reprenant, donna le signal des applaudissements. Les marins commencèrent à taper qui dans leurs mains, qui sur la table, ou le comptoir, et dans un vacarme indescriptible, Marie Pitanguy se fraya un chemin jusqu'au bar.

Le Commandant la prit dans ses bras, la souleva du sol, et la posa sur le zinc où, les mains sur les hanches, en professionnelle, elle tourna lentement sur elle-même afin que tout le monde pût admirer la robe rouge de Bethsabée.

*

Le lendemain, comme chaque fois qu'elle s'éveillait dans sa chambre trop petite, Marie songea à ces moments volés à l'ennui, à ces heures passées en fraude, aux Voyageurs, avec ses amis. Elle se leva de bonne humeur, et, comme chaque fois qu'elle se regardait dans une glace, se trouva laide. Avec sa tignasse rousse, hirsute, ses seins plats, sa maigreur, elle ne comprenait pas qu'un garçon aussi séduisant que Philippe Garnier prétendît vouloir vivre un jour avec elle. Tout en pensant aux charmes de l'étudiant, elle ouvrit son armoire et observa longuement la robe pourpre qui brillait dans l'obscurité.

Rassurée, elle rejoignit la cuisine qu'elle inspecta du regard comme un prisonnier examine chaque jour sa cellule. La pièce reflétait l'ordre de Juliette. En désespoir de cause, Marie alluma la radio. Ces voix gaies, ces musiques légères appartenaient à un monde de liberté auquel bientôt, grâce à Philippe, elle aurait accès.

René surgit soudain, tout maigre dans son pyjama rayé. Il avait, par chance, un physique avenant et semblait toujours content.

En l'absence d'Henri Pitanguy, il savait se rendre utile, et redoublait d'attentions pour Juliette, à laquelle, d'ailleurs, il ressemblait trait pour trait. Si les cheveux de Marie semblaient de l'étoupe, René possédait un poil doux et brillant. Tandis qu'elle fixait durement le moindre interlocuteur, il affichait un regard limpide. Il était de ces fils qui comblent leurs parents, alors qu'elle n'avait fait, depuis toujours, que susciter disputes et passions.

« Qu'est-ce qui t'a pris hier soir ? »

Le frère parlait bas, la mine renfrognée.

« De toute façon, tu es toujours de leur côté !

— J'espère bien. Tu les épuises avec ta méchanceté. »

Il haussa les épaules et s'enfuit comme s'il avait découvert chez sa sœur les symptômes d'une maladie contagieuse.

Plus tard, en passant, Marie surprit son frère, qui, dans la chambre des parents, assis sur le lit conjugal, séchait les larmes de la couturière.

« Il aurait mieux valu qu'elle ne soit jamais née », se plaignit Juliette.

Ses cheveux roux, magnifiques, étalés sur la nuisette rose, frôlaient ceux du garçon. Derrière eux se profilait la silhouette du père, qui dormait encore.

« Je suis là, maman. » René, l'air bravache, malgré ses seize ans, jouait déjà les hommes de remplacement. Le père n'en prenait pas ombrage, car les marins se sentent coupables d'être souvent absents.

« Moi aussi j'existe, moi aussi je suis là », cria Marie Pitanguy, presque malgré elle. Le sous-officier, soudain réveillé, se dressa dans son lit et, instinctivement, prit sa femme et son fils dans ses bras.

Marie les observa, le cœur serré.

*

Elle allait partir quand elle se trouva, sur le seuil, nez à nez avec un homme en noir, visage sévère. Elle reconnut l'employé de la salle des ventes. En fin de mois, il passait parfois chez les Pitanguy prendre tantôt une statuette que le père avait rapportée de voyage, tantôt des draps de lin, une pendule à coucou, de la vaisselle, dont avait hérité Juliette. Grâce à lui, les fins de mois semblaient moins difficiles. Il savait toujours dénicher quelque objet apparemment sans valeur, mais qui suffisait, selon Juliette, à améliorer l'ordinaire. Elle se séparait à regret de ses bijoux de pacotille, des souvenirs exotiques qu'elle devait aux pérégrinations d'Henri, mais il fallait bien, selon elle, « joindre les deux bouts ».

« Entrez », dit Marie sans sourire.

L'homme la contempla avec mépris. Il la suivit jusqu'au salon d'essayages, et elle détesta ce regard fouineur qu'il eut pour jauger chaque objet. Sur la table trônait un appareil-photo. C'était un cadeau qu'Henri avait offert à Juliette, pour Noël, une merveille, un bijou. L'homme en noir s'en saisit et l'examina quelques instants.

« Ça ne vaut pas un clou. » Il reposa l'appareil sur la table, puis le reprit, l'air dégoûté.

« Et moi, je vous dis zut ! »

Elle lui tira sa révérence et disparut, tandis qu'il restait là, la bouche en *o,* l'appareil à la main, avec ses yeux de vautour.

*

Ce jour-là, elle avait rendez-vous avec Philippe au Central, une brasserie où se retrouvait la jeunesse dorée. Il faisait chaud en ce début juillet et elle s'installa en terrasse pour observer ces jeunes gens parmi lesquels elle se sentait une intruse. A leurs sourires satisfaits, l'on devinait qu'ils n'avaient, dans la vie, qu'un seul souci : plaire aux filles dont les mères s'habillaient chez Juliette Pitanguy. Ils garaient leurs voitures de sport devant la terrasse afin que les lycéennes pussent les admirer, et sautaient par-dessus la portière de leur Triumph décapotable en faisant tournoyer leur porte-clefs comme ces *cow-boys* qui, dans les westerns, descendent de cheval en jonglant avec leur revolver. Les habitués du Central partaient souvent pour l'Angleterre, l'été, une fois leurs examens réussis, et arboraient des Shetlands pastel noués autour du cou. Si leurs parents avaient connu la guerre, les privations, eux comptaient bien profiter de leur jeunesse. Et comme s'ils avaient voulu effacer les sacrifices de la génération précédente, ils consommaient les plaisirs à outrance. A Lorient qui, hâtivement reconstruite, renaissait de ses cendres, l'on pouvait tout acheter. Il suffisait d'être né du bon côté. Pour ces jeunes gens, c'était grisant d'avoir vingt ans. A leurs visages hâlés, à leurs gestes nonchalants, à leur regard qui vous fixait sans ciller, on devinait que leur avenir était tracé. Leurs parents fréquentaient aussi le Central, le dimanche pour déjeuner. Il semblait de bon ton de s'y montrer vers midi, en famille, pour vérifier chaque semaine, parmi les nappes blanches, les fleurs, les garçons empressés, la politesse déférente du maître de céans, que l'on tenait bien, à Lorient, le haut du pavé. Le maître d'hôtel connaissait son Gotha sur le bout des doigts. Il savait placer les couples suivant des critères mystérieux mais que tous respectaient. Lorsqu'un chirurgien de la ville avait réussi une opération délicate, ou qu'un avocat avait obtenu quelque articulet dans la presse locale pour une affaire rondement menée, il s'arrangeait pour les asseoir en vitrine, aux meilleures tables, celles qui permettaient d'être vus de tous ceux qui entraient ou sortaient du Central. Quand Monsieur François, pour des raisons obscures, mais qui ensuite se révélaient justifiées, reléguait une famille dans l'arrière-salle, parmi les Parisiens de passage et les rares touristes, tout Lorient savait que la bonne fortune avait fui ceux qu'il vouait au purgatoire.

Onze heures. Philippe n'allait pas tarder. Elle sortit de sa poche son carnet de croquis et se mit à esquisser la silhouette d'un garçon assis non loin d'elle car lui plaisait la coupe de son blazer posé en équilibre sur ses épaules. Elle était absorbée par son travail quand quelqu'un toucha son bras.

« Qu'est-ce que tu as au nez?

— Je suis tombée dans l'escalier. »

Philippe s'assit en face d'elle avec ce sourire charmant, cette nonchalance qui chaque fois l'émouvait. Ses cheveux bruns, coupés très court, mettaient en valeur des yeux verts aux longs cils.

« Toujours aussi casse-cou! »

Il souriait. Dès qu'il surgissait, le monde semblait cohérent. Parmi toutes les filles qu'il connaissait, c'était elle, Marie Pitanguy, qu'il préférait. Il lui proposa une promenade. Elle se leva pour le suivre et il ouvrit pour elle la portière de sa voiture garée tout près. Sous le regard envieux des lycéennes qui n'avaient pu le séduire, lui, le plus beau garçon du Central, Marie Pitanguy s'installa sur la banquette de cuir beige, en propriétaire. Tandis que Philippe mettait le moteur en marche, elle alluma une cigarette, pour faire plus femme. Ce rôle, qui lui seyait à merveille, serait le sien désormais, celui d'une fille séduisante, qui, par ses qualités, se distinguait des filles à papa du Central. Et ni l'indifférence du père ni Juliette n'y pourrait rien changer.

L'orage qui menaçait depuis la veille éclata

soudain. Philippe Garnier arrêta sa voiture au bout de la jetée. Si près du bord qu'elle eut peur. La pluie se mit à tomber à grosses gouttes, d'abord espacées puis précipitées. C'était comme d'entendre l'averse battre le plafond d'un grenier.

« Pourquoi arrêtes-tu toujours ta voiture à un millimètre du bord ? C'est dangereux.

— Parce que ça me plaît. » Il alluma une Pall Mall, et ajouta : « J'aime prendre des risques. »

En face d'eux, la mer, à perte de vue, commençait à moutonner. Avec la pluie, l'on ne savait plus où elle finissait et où le ciel, plus bas encore que de coutume, commençait.

« Tu m'aimes ? demanda-t-elle, sachant qu'on ne devait pas poser ce genre de question.

— Bien sûr. »

Grâce à lui, elle échapperait bientôt à l'ennui de ces visages tristes, de ces petites vies, de ces destins étouffés. Un jour, elle s'en irait. Elle travaillerait d'arrache-pied. Au fil des ans, elle finirait par imposer mieux qu'un nom, sa griffe.

« J'ai des ennuis », se plaignit-elle.

Il hocha la tête. « Patience, dans deux mois, tu t'en iras. » Elle aurait souhaité qu'il ajoutât « avec moi » mais n'osa l'interrompre. Elle ne voulait pas lui avouer qu'elle comptait les jours. Il en eût été effrayé, Philippe Garnier. Il écrasa sa cigarette et démarra, l'air soucieux. Une dernière fois, elle observa les mouettes qui piquaient entre les bateaux ventrus. Il alluma la radio.

« Tu ne dis rien ?

— Moi aussi, j'ai des problèmes. »

Il quitta le port, la sortie de la ville, et roula à

31

vive allure vers la côte sauvage. Là, loin de toute région habitée, il fit basculer le siège et la voiture se transforma en un lit confortable. Elle aima sa manière brutale de relever sa jupe, sans qu'il prît la peine de la dévêtir. Il souleva ensuite son cardigan noir, et, la tête enfouie entre ses seins, se mit à respirer bruyamment. Elle sentit ses lourdes jambes écarter les siennes, et rien n'était plus exaltant que cet homme qui se croyait déjà chez lui. Chaque fois elle espérait, tandis qu'elle s'accrochait à lui, que l'amour durerait longtemps. Chaque fois, à peine se trouvait-il installé qu'il poussait un drôle de cri, dressé sur ses coudes, et terminait l'affaire alors qu'elle commençait à peine d'y prendre goût. Philippe Garnier étant son premier amant, elle ignorait que les hommes très jeunes manquent de tempérament. Ils fumèrent ensuite en silence, puis il la ramena vers le centre ville. Elle posa la main sur la cuisse du conducteur, se voyant déjà rouler toute la vie, assise à ses côtés.

« Je m'absente quelques jours, ne m'appelle pas, dit-il l'air maussade ; sois sage et ne te fais pas trop remarquer. »

Elle claqua la portière, brûlant de lui poser des questions, mais l'humeur morose du garçon ne lui disait rien qui vaille. Sans lui, que serait-elle devenue ?

« Salut ! » fit-elle, l'air bravache.

Sur le chemin du retour, elle eut beau fixer avec arrogance les passants qui la dévisageaient, elle éprouva comme un pressentiment.

*

Une fois encore, cet été-là, le père reprit la mer. Une fois encore, dans son bel uniforme d'officier marinier, il serra Juliette dans ses bras, tapota la joue de son fils et oublia d'embrasser l'aînée. Pour se changer les idées, comme c'était dimanche, Juliette emmena ses enfants au Bon Coin, un bistrot célèbre à Lanester pour ses menus à prix fixes, et où se retrouvaient, chaque semaine, les employés de l'entreprise Garnier. Marie détestait le Bon Coin où Juliette avait sa table attitrée, sous la baie vitrée toujours recouverte de buée. Quand on essuyait la vitre, on distinguait parfois le Blavet et la villa blanche de Philippe Garnier. Les serveuses rougeaudes couraient entre les tables, déposant ici ou là, sans sourire, la bouteille de muscadet et le plateau de crustacés. En fin de repas, les hommes tombaient la veste du dimanche et, se prenant par le bras, entonnaient des chansons à boire tandis que les femmes, groupées à la même table, commentaient à voix basse leurs maladies parmi lesquelles fausses couches et varices avaient la priorité. Marie Pitanguy, pour oublier la chaleur et le bruit du *flipper*, dessinait des écharpes aux couleurs délicates, des chapeaux époustouflants, insistant minutieusement sur le détail de la coupe et le mariage des couleurs comme si ce labeur eût été important. Elle ne se séparait jamais de son carnet à dessins qui avait le mérite de lui cacher la réalité.

« Pas très causante, votre fille, se plaignit la grosse Janine, épouse elle aussi d'un sous-officier.

— A qui le dites-vous ! s'exclama Juliette, qui

ajouta en soupirant : — C'est l'âge ingrat. » Et son visage se durcit.

« Votre fils, il est bien mignon, tenez. »

Aussitôt les traits de Juliette se détendirent. Elle sembla rajeunir de cinq ans.

« Il a bon caractère, c'est vrai.

— Et que veut-il faire plus tard ? susurra la grosse femme.

— Chef mécanicien.

— Ça on peut dire qu'il a de l'ambition. C'est bien, pour un garçon. »

Levant le nez de son carnet, Marie Pitanguy essuya la vitre pour mieux voir, au loin, la villa de Philippe Garnier.

« Au lieu de prendre tes grands airs, tu pourrais répondre quand on te parle, s'insurgea la couturière.

— Que je me taise ou que je parle, j'ai toujours tort », dit Marie. Sa main retomba sur la nappe graisseuse et la buée se reforma aussitôt sur la vitre, dissimulant la maison blanche.

« Parce qu'elle est reçue au bac, elle se croit sortie de la cuisse de Jupiter », dit Juliette à Janine qui observait l'aînée avec désapprobation. Une serveuse surgit entre elles et jeta d'un air las les vestiges de crustacés dans un seau en plastique. Autour de Marie, pinces de langoustines, coquilles de crabes et mayonnaise figée gisaient dans les assiettes en Pyrex. Toute la vie ne pouvait se résumer aux dimanches du Bon Coin, songea-t-elle, au bord de la nausée. Fernand, le patron, s'approcha après avoir posé son torchon sur le comptoir. Le front luisant de sueur, chemise douteuse ouverte sur un torse velu, il se posta à leur table, mains sur les hanches.

« Le patron a une bonne nouvelle pour toi, dit Janine à Marie en poussant du coude Juliette Pitanguy.

— Et sois polie, on te parle, coupa Juliette.

— En septembre, mon beau-frère a besoin d'une vendeuse, aux Nouvelles Galeries, rayon vêtements. C'est bien payé.

— Toi qui aimes la mode, c'est l'occasion rêvée ! »

Marie haussa les épaules et sans même lever le nez de son carnet à dessins continua de tracer l'esquisse d'une robe du soir.

« Je vous remercie Fernand, ajouta Juliette. Elle hésite un peu, c'est normal, à son âge, se lancer dans la vie active, ça impressionne.

— Aux Nouvelles Galeries ! Rayon vêtements ! Quelle chance ! s'exclama la grosse Janine.

— Plutôt crever, murmura Marie Pitanguy.

— Répète un peu ? » siffla Juliette. Le patron, vexé, regagna son comptoir. Janine resta la bouche ouverte, interloquée. Surgit René, qui avait terminé sa partie de *flipper*.

Il embrassa sa mère, serra la main de Janine. Juliette se plaignit.

« On propose du travail à ta sœur et mademoiselle prend ses grands airs.

— Laissez-moi tranquille », dit Marie.

S'approchant de sa sœur, René s'empara du carnet de croquis. Marie se leva, renversant sa chaise.

« Rends-moi ça tout de suite.

— Laisse donc, qu'on voie ce que tu fabriques toute la journée. » Le garçon fit un clin d'œil à Juliette.

Celle-ci savait que Marie pouvait tout supporter sauf que l'on touchât à ses maudits croquis. Parfois Juliette les confisquait, les jetait à la poubelle, mais il en surgissait toujours d'autres, comme si la petite avait voulu faire croire qu'elle avait des dons pour le dessin de mode.

René siffla d'admiration. « Pas mal », dit-il. Il n'eut pas le temps de poursuivre car Marie, saisissant une assiette pleine de déchets oubliée par la serveuse, la jeta à la figure de son frère. Celui-ci, la face enduite de mayonnaise dans laquelle se fichaient des restes de crabe, se mit à hurler. Juliette bondit pour corriger sa fille. Marie, récupérant son bien, courut vers la sortie. Sur le seuil, elle se retourna face à l'assistance houleuse et cria : « Bande de minables ! »

Puis, fuyant vers son refuge, rue de la Soif, elle songea avec délectation qu'elle serait désormais interdite de séjour au Bon Coin.

*

Rien ne pouvait choquer le Commandant, même pas la vie misérable de ses clients. Aux Voyageurs, il intervenait pour séparer les combattants, lors de ces pugilats qui survenaient à l'aube, quand les marins, à bout de fatigue et d'alcool, se mettaient à jouer du couteau. A force d'ouïr les misères des ivrognes de passage, de connaître la racaille et de la supporter, le Commandant avait sa petite idée sur l'humanité. Il parlait peu mais savait écouter. Derrière le comptoir, les bras croisés, adossé aux bouteilles qui brillaient dans la pénombre, il régnait. Qui, en rade de Lorient, aurait voulu accueillir ceux que le Commandant jugeait indignes de fréquenter les Voyageurs ? Sans le crédit et le repos de son bistrot, la plupart de ses chalands n'auraient pas survécu longtemps. Quand la tête d'un nouveau venu ne lui plaisait pas, il le faisait éjecter séance tenante. Un ancien était alors désigné pour faire un croc-en-jambe au bizuth qui trébuchait et se retrouvait dans la rue.

C'était le Commandant qui avait présenté sa compagne à Marie Pitanguy, en lui disant à l'oreille : « C'est un cerveau. Prends-en de la graine. »

Marie avait été d'autant plus impressionnée par ces quelques mots que le Commandant semblait avare de compliments. Au fil des mois, devenue à son tour une habituée, Marie découvrit en quoi consistait l'indéniable génie de la patronne. A tous les problèmes, Marie-Louise trouvait une solution. Il suffisait de lui plaire pour faire partie de la famille. Le samedi, et le dimanche aussi, elle recevait en consultation certains agités du port, qui, à l'étage, dans sa chambre meublée, lui contaient à voix basse leur petite affaire. Elle restait de glace face à leur tas de misères, mais quand le malheureux avait fini de parler, elle allait dans sa cuisine chercher une bonne bouteille et disait en l'ouvrant : « Trinquons. C'est moi qui offre pour une fois. »

En réalité, c'était toujours elle qui régalait,

pourvu que l'on eût du chagrin. Elle murmurait ensuite à l'oreille du plaignant des mots qui produisaient sur lui un effet magique. L'homme éploré, ou la femme en difficulté, redressait la tête. Leur regard semblait plus assuré. Ils quittaient la voyante l'air dégagé et passaient dans la salle du bistrot sans s'arrêter, comme si, derrière l'insignifiance des personnes, ils entrevoyaient un horizon de bonheur que seule Marie-Louise avait su leur faire miroiter. Quelle force leur insufflait-elle pour qu'ils repartissent, fiers, les yeux brillant de cette fièvre qu'imprime aux regards la certitude de gagner les paris les plus audacieux, eux qui étaient entrés dans la chambre de la patronne, tête basse, l'air défait? C'était tout juste si l'on avait envie, lorsqu'ils s'en allaient, de leur mendier un autographe. Parfois, et Marie, tapie derrière les doubles rideaux, l'avait vue faire, Marie-Louise saisissait la main d'un de ces exaltés, et le nez à ras de la paume offerte, observait avec méfiance le cours d'un destin qui pouvait, selon elle, être modifié. Les marins de la rade se donnaient le mot, et certains officiers des cargos étrangers venaient consulter Marie-Louise qui ne faisait pas payer ceux dont la tête lui plaisait. Les rapports qu'elle entretenait avec le Commandant semblaient compliqués. Plus frère et sœur qu'amants, ils n'avaient, aux dires de chacun, qu'une passion commune : leur hôtel, et s'autorisaient, chacun de son côté, une vie privée. Pourtant, à les voir, lui, debout derrière son comptoir, muet toute la journée, elle, dans la salle, qui jouait aux cartes avec ses filles, on devinait que bien des bourgeois mariés auraient envié la solidité de leurs

38

liens. D'ailleurs, à force de vivre ensemble, ils avaient fini par se ressembler et n'avaient pas besoin de se parler pour faire l'éloge d'un habitué, ou décider de le mettre à la porte. Plaire à l'un, c'était séduire l'autre et réciproquement. Le mauvais caractère du Commandant, les colères de la patronne, on finissait par les supporter. Quant aux filles, elles faisaient partie du décor, et seuls les nouveaux venus, qui entraient par hasard, s'étonnaient encore de découvrir au comptoir, sur leurs tabourets haut perchés, celles qui ne faisaient, somme toute, qu'exercer leur métier.

*

« C'est bien simple, on ne s'en remet pas », décréta Marie-Louise ce soir-là aux Voyageurs, fixant rêveusement par-dessus le comptoir une carte du monde que le Commandant déployait pour ses clients. Elle n'eut qu'un geste à faire, et la serveuse interrompit son bavardage avec un homme pour remplir le verre de la patronne. Marie-Louise attendit qu'elle rejoignît l'autre bout du comptoir et poursuivit :

« L'Impasse, le manque de fric, c'est pas la joie, mais moi, c'est bien simple, quand je pense à la petite, je perds la boule. »

Elle vida son verre de calvados d'un trait. Souvent vers minuit, quand toutes ses protégées étaient en main, elle parlait avec Marie Pitanguy de sa fille, morte chez une nourrice il y avait longtemps : un terrible accident.

« Et pourquoi tu n'as pas eu d'autres enfants ? »
demanda la fille de la couturière.

Depuis le temps qu'elle connaissait la patronne,
elle savait désormais à quoi attribuer son caractère
sombre, sa mélancolie, que Marie-Louise dissimulait derrière le masque d'une perpétuelle jovialité.

« Tu te rends compte, dit Marie-Louise sans
répondre, mais elle s'arrangeait toujours pour
détourner toutes sortes de conversations, tu te
rends compte si elle était là, avec moi. Si elle
existait ?

— Je comprends.

— Non. Tu ne sais pas. »

Pour la troisième fois, elle fit signe à la serveuse.

« Et puis je suis très bien comme ça, enchaîna-
t-elle en riant. Ne te complique pas la vie avec un
mouflet. »

Elle se leva péniblement de son siège, et sa robe
noire, ses escarpins assortis, ses bas résille accen-
tuèrent soudain le poids de son deuil. La patronne
ne se confiant jamais à personne, chacun rue de la
Soif vantait cette gaieté contagieuse qui l'animait,
cette manière, unique, qu'elle avait de changer
l'ennui un peu lourd des débuts de soirée en une
fête improvisée. Elle savait meubler les silences
tandis qu'on hésitait encore, au comptoir, à se
confier. Quand elle circulait d'une table à l'autre,
dans la salle enfumée, prenant par l'épaule les
buveurs isolés, hommes et femmes, quoique soli-
taires, gagnés par cette chaleur communicative, se
mettaient soudain à lever leur verre et à espérer.

Ses cheveux sombres dégageaient un vaste front
où brillaient des yeux noirs, profonds, qui, aux

Voyageurs, allaient de l'un à l'autre, comme s'ils avaient reçu pour mission d'engranger, en un minimum de temps, un maximum d'informations. Son jugement sur les êtres, elle le tenait secret, et comme elle ne montrait jamais le fond de son cœur, chacun pouvait penser qu'il était son préféré.

Debout, son verre à la main, elle riait, son visage tout près de celui de Marie. Ses lèvres outrageusement fardées se posèrent sur la joue de sa protégée. Marie aurait voulu lui dire qu'elle comprenait, mais elle n'osait pas car Marie-Louise l'intimidait.

« Ici, on t'aime bien.

— Merci. »

De nouveaux clients surgissaient qui venaient de la gare. Le rapide en provenance de Paris arrivait à minuit. Agents d'assurances et voyageurs de commerce qui n'avaient pas les moyens de leurs désirs se donnaient le mot sachant qu'aux Voyageurs, on s'offrait des filles et du vin sans se ruiner le moral ou la santé. Pour gravir l'escalier qui menait aux chambres, les Parisiens se cachaient le visage en relevant le col de leur imperméable. Le Commandant détestait les têtes nouvelles. Rien ne l'ennuyait plus que de faire la connaissance de quelqu'un. Quoique jeune encore, il estimait avoir fait le plein d'amours et d'amitiés. De même se promenait-il, le dimanche, toujours au même endroit, sur la jetée, car selon lui, lorsqu'on avait la chance d'avoir découvert un lieu qu'on aimait, pourquoi perdre son temps ailleurs ? Rien ne l'agaçait davantage que ces touristes qui se croyaient les rois. Il donnait aux serveuses la consigne de réduire leurs portions et doublait pour eux le tarif des consommations. Avec les Parisiens, les filles avaient pour mission de ne pas s'attarder en préliminaires, mais Marie-Louise ne crachait pas sur le gain supplémentaire qu'elle devait à ces mariolles. Marie Pitanguy les épiait souvent lorsqu'ils téléphonaient à leurs épouses, près des lavabos. Elle les entendait énoncer leurs promesses parjures. S'ils éprouvaient des remords, ils pouvaient se consoler en lisant sur le mur sale des graffiti dont l'obscénité atténuait leur forfaiture. Les plus nantis se restauraient dans la salle à manger, sous l'œil globuleux d'un perroquet qui, sur son perchoir, se débattait vainement.

« Quand on est parent, on n'a aucun mérite, poursuivit Marie-Louise. Les enfants, on les fait pour soi. Tu verras...

— Je verrai.

— En attendant, ne suis pas mon exemple, fuis ce trou perdu. Va-t'en avec ton Philippe, ou sans lui, mais va-t'en comme tu l'avais prévu.

— Je m'en irai.

— Allez, viens, on va faire un tour dehors. On étouffe dans ce boui-boui. »

Elle passa, hautaine, devant la serveuse qui, avec déférence, se précipita pour lui ouvrir la porte. Dehors, malgré l'heure tardive — mais l'été favorisait toutes sortes de libertés —, des enfants jouaient à la marelle. Marie-Louise dut se baisser pour qu'ils pussent, l'un après l'autre, se pendre à son cou. Les gosses du quartier savaient que la patronne avait toujours dans son vaste cabas, qu'elle emportait partout, des bouts de ficelle multicolores, des crayons, des bonbons, et même des biscuits au miel qu'elle distribuait sans façon.

« Tu vois, dit-elle en prenant fermement le bras de la jeune fille, tandis qu'elles se dirigeaient vers la jetée, un jour, tu te souviendras de Lorient avec regret.

— Tu crois ? »

La brume s'était levée avec la nuit. Au loin, on entendait mugir la sirène d'un phare dont la plainte, assourdie par la distance et le vent du large, se répétait à intervalles réguliers. La patronne s'assit sur la coque renversée d'une barque de pêche et saisit une cigarette dans son sac. Dans la pénombre, elle parut soudain l'incarnation d'une étrange déesse. Marie, intimidée, s'installa à ses côtés et la pleine lune éclaira leurs silhouettes confondues. A bout de fatigue, la fille de la couturière posa la tête sur l'épaule de Marie-Louise qui se tut. Sur cette épaule, Marie se sentait chez elle, enfin.

« Quand je serai à Paris, je t'écrirai...

La patronne l'interrompit : « Qu'as-tu dessiné ces temps-ci ? »

Marie Pitanguy sortit de sa poche son carnet de croquis et un briquet qu'elle alluma. A la flamme dansante, Marie-Louise contempla l'esquisse d'une robe longue, un chapeau cerné d'un ruban grenat, des escarpins, une ceinture dorée, et elle encouragea la jeune fille à poursuivre ses travaux, comme chaque fois.

*

Le lendemain, en revenant des Voyageurs, où elle passait toutes ses soirées, Marie Pitanguy fit un détour par la rue des Fontaines pour admirer les vitrines des magasins. A minuit, dans la ville déserte, elle aimait se promener, comme si Lorient lui appartenait. Face au sourire figé des manne-quins de cire, elle reprenait courage. Et si ces robes empesées, ces rubans, ces cardigans aux couleurs criardes lui déplaisaient, elle trouvait toujours un modèle qui l'inspirait pour ses dessins. Parfois, dans la journée, elle entrait dans une boutique pour le plaisir de tâter les étoffes, de frôler les lainages duveteux, pliés dans les rayonnages. Les ven-deuses, qui depuis longtemps l'avaient repérée, la laissaient faire. Tant de passion les touchait. Et même si Marie Pitanguy n'achetait jamais rien, elle avait l'art de changer l'arrangement d'une devan-ture, de pousser une blouse vers l'avant, de tirer une jupe vers l'arrière, de sorte que les clientes entraient plus nombreuses qu'avant.

Cette nuit-là, dans la rue déserte, il lui fallut se contenter de rêver, le nez écrasé contre une vitrine, à toutes ces femmes qu'un jour, à Paris, dans dix ans, vingt ans, elle allait habiller. Elle songea à Philippe qui dormait dans sa chambre aux murs couverts de livres. Il devait être rentré de voyage. Elle frissonna. Depuis leur dernière rencontre, dans les dunes du Fort Bloqué, elle se sentait mal à l'aise. Que mijotait-il? Qu'avait-elle fait, ou omis de faire pour qu'il fût à ce point distant? Son désir pour elle ne faisait aucun doute, mais ce n'était pas suffisant. Soudain, percevant des rires et des bruits de pas, Marie se cacha dans l'encoignure d'une porte cochère. Un couple s'avançait vers elle. Quand ils furent assez près, elle se raidit contre le mur, dans sa cachette, car elle venait de reconnaître la voix de Philippe Garnier. Avisant deux poubelles, elle s'accroupit, le cœur chaviré. Peut-être se trompait-elle ? Mais c'était bien Philippe qui s'approchait, tenant par l'épaule une blonde, belle en plus.

Ils s'arrêtèrent devant la vitrine où Marie rêvait quelques instants plus tôt.

Au silence trop long qui suivit, Marie devina qu'il avait dû la prendre dans ses bras. Les baisers de Philippe avaient ceci de particulier qu'ils duraient une éternité. Parfois, elle en perdait son souffle. Le salaud. Un chat passa près d'elle. Pour ne pas crier, elle se mordit les lèvres jusqu'au sang. Et comme pour éviter que le ciel ne lui tombât sur la tête, elle recouvrit celle-ci de ses bras. En vain. L'action improbable se poursuivait. Ce n'était pas un cauchemar, mais une histoire vraie, rue des Fontaines, à Lorient un 10 juillet. Elle se pencha. On les voyait nettement à présent. Ils se trouvaient à deux mètres d'elle. Philippe Garnier portait son éternel imperméable beige, son pantalon de velours gris. Il poussa sa compagne contre la porte cochère. Marie se recroquevilla derrière les poubelles, déplorant de se trouver, malgré elle, aux premières loges. Elle en savait assez à présent. Tout ce qu'elle voulait c'était fuir. Disparaître.

« Tu es fou, arrête », se plaignit la fille d'une voix molle. Il avait sans doute ouvert son corsage. On connaissait la chanson. Il s'attaquait d'abord aux épaules. Ensuite, prenait carrément un sein dans sa main. Marie détesta les soupirs de la fille, et reconnut la respiration bruyante de Philippe, quand son désir atteignait son apogée, et qu'on aurait juré, à voir son visage douloureux, qu'il fallait le secourir sans tarder. Elle perçut, avec un dégoût croissant, leurs halètements, des bruits de succions, des frôlements. La main de Philippe se promenait à présent sur la jupe de la blonde qu'il commençait de retrousser : elle a de grosses cuisses, se dit l'observatrice, ulcérée.

« Arrête, Philippe. Quelqu'un pourrait nous voir. »

Sa voix molle disait le contraire. Dans ces cas-là, nous sommes toutes les mêmes, songea Marie avec étonnement. Toutes pareilles. Des proies offertes. Les protestations qui sont une invite. L'air bête. Les hommes avaient raison d'en profiter.

Profitant du trouble qui avait gagné sa compagne, Philippe l'appelait à présent de mille noms sucrés. Sa voix semblait étouffée par toute cette chair où il enfouissait son visage. Marie se pencha davantage pour observer la blonde. On ne l'avait jamais vue au Central. Ce devait être une Parisienne. C'était donc ça, son petit voyage. Dans l'échancrure de la blouse largement ouverte, Marie vit briller, au clair de lune, des seins qui faisaient au moins le double des siens. Non loin des amoureux, le chat se mit à miauler.

La fille sursauta. Tapota sa jupe.

« Tu exagères !

— Je t'aime, répondit-il, comme pour s'excuser.

— Et Marie Pitanguy ? »

Marie sursauta. Il avait parlé d'elle à cette

godiche! La blonde ouvrit son sac et se recoiffa pour effacer les traces de leur bref pugilat.

« C'est une pauvre fille. Je t'ai déjà dit que c'est de l'histoire ancienne. »

Philippe, l'air bougon, alluma une cigarette. Marie reconnut le claquement sec du briquet en or. Elle huma l'odeur familière des Pall Mall. Désormais, il y aurait un avant et un après Philippe Garnier.

« Donne-moi une bouffée », dit la blonde. Ils fumèrent un instant, adossés au mur, et à les regarder, on devinait leur complicité. Deux êtres côte à côte qui repoussaient le monde entier : une entité. Comment Philippe pouvait-il aimer ce maquillage outrancier? La blonde se baissa soudain pour s'emparer du chat qu'elle caressa.

« Minou, minou!

— Allez, on s'en va. » Philippe jeta son mégot vers les poubelles.

« Je t'accompagne à ton hôtel? ajouta-t-il, l'air suppliant.

— Mais oui, idiot! » Et la fille prit le bras du garçon.

*

Quand elle rentra chez les siens, pour la première fois, Marie oublia toute prudence. Elle marchait vers sa chambre lorsque Juliette surgit en chemise de nuit.

« D'où viens-tu à cette heure? »

Les mains sur les hanches, la couturière savourait son triomphe. Il ne pouvait y avoir faute plus grande que cette rentrée dans l'Impasse à une heure du matin, quand l'adolescente était supposée dormir depuis longtemps.

« Tu m'en feras donc voir de toutes les couleurs ? »

Elle s'approcha, menaçante et gifla la coupable qui se taisait.

« Putain ! Avec qui étais-tu ? »

A genoux, sur le tapis en acrylique, Marie ne se défendait pas. Ne parlait pas. Elle subissait.

« Au Bon Coin, on ne veut plus te voir. Jamais, tu entends ? »

Juliette saisit Marie par les cheveux et la traîna vers la chambre des enfants. Un jour, je me dresserai contre elle, et ce sera un combat sans merci, songea l'aînée, épuisée. La mère appuya la tête de Marie contre le chambranle de la porte. Son visage pâle, aux traits tirés, à un centimètre de celui de sa fille, elle siffla :

« Avec qui et où traînais-tu à une heure pareille ? »

Juliette tremblait, décomposée par la colère. Comme je la dérange, songea l'adolescente, perplexe.

« J'étais rue des Fontaines. Seule.

— Menteuse ! Et quand tu seras enceinte, qui devra faire les frais de tes bêtises ? »

Marie n'écoutait plus. Elle mesurait l'étendue du désastre. Sans Philippe, où irait-elle à la rentrée ? Mais elle partirait. A Paris, elle s'inscrirait aux Cours Chaizeau. Pour subvenir à ses besoins, elle serait vendeuse, bonne à tout faire, pute, tout serait bon pourvu qu'elle partît.

« Tais-toi... » Marie ne finit pas sa phrase. Elle leva la main et sa mère recula, effrayée. A travers sa chemise de nuit transparente, Marie vit l'ombre noire de son sexe. Cette femme lui faisait peur. « Et dire que je suis sortie d'elle », songea la fille rebelle. Les cris de Juliette réveillèrent René. Une fois encore il les surprit face à face. Une fois encore il en fut effrayé.

« Un jour ça va mal tourner, dit-il.

— Va dormir, mon grand, c'est ta sœur qui découche. »

René se jeta dans les bras de Juliette et avant de regagner sa chambre, Marie se retourna pour les voir embrassés. Décidément, elle était de trop.

*

Pendant huit jours et huit nuits, Marie Pitanguy resta enfermée dans l'Impasse. Elle en profita pour ranger ses étagères encombrées de piles de *Vogue* et autres magazines de mode, qu'elle se ruinait à collectionner. Grâce à ses lectures, elle avait fini par savoir reconnaître, dès le premier coup d'œil, le style de chaque couturier. Le tailleur portait-il bien la marque Chanel ? Cette robe du soir ne ressemblait-elle pas à du Balenciaga ? Marie Pitanguy s'amusait au fil des pages à deviner l'auteur des modèles qu'elle admirait, pour le plaisir de constater ensuite, en lisant les légendes des photographies, qu'elle ne se trompait jamais et savait rendre à Dior ce qui n'appartenait qu'à lui.

Puis, la vie reprenant son cours et Juliette l'épiant moins, Marie décida de rejoindre les siens, aux Voyageurs. Ce matin-là, toute à la joie de retrouver son oxygène, elle se leva tôt et sortit du placard où elle l'avait cachée la robe de Bethsabée. Elle la coucha sur son lit pour mieux l'admirer. Avec un plaisir morbide, elle posa à côté de l'étoffe pourpre, sur la courtepointe, ce qui subsistait de la robe nuptiale de Juliette, qui, déchirée, maculée de sang, gisait en boule depuis des jours dans l'armoire de Marie. Par comparaison, le fourreau rouge semblait incarner tous les triomphes de la séduction. Puisqu'on l'avait empêchée de revêtir la robe de mariée, elle se glisserait dans la tenue d'une prostituée.

Philippe se moquait d'elle ? Elle n'allait pas rester là à ressasser son chagrin. Grâce à la robe rouge, qui l'embellissait, elle ferait payer le premier type qu'elle séduirait. Et si elle choquait les fils à papa du Central et faisait peur aux ouvriers du Bon Coin, du moins, dans l'habit de sa révolte, saurait-elle produire son effet.

« Tu fais du bruit, se plaignit René, qui se réveillait l'air bougon.

— Oui. Je fais du bruit. J'existe.

— Tu nous déranges.

— Je sais. »

Plus tard, elle admira Juliette qui, dans sa cuisine pimpante, arborait une robe à pois en crêpe de Chine serrée à la taille par une ceinture en gros grain. En pyjama, René saisit sa mère par les épaules, et l'entraîna dans un tour de valse.

« Fais attention, tu es brutal à la fin ! » soupira la couturière, mais son visage prouvait qu'elle était ravie. C'est comme la blonde de Philippe, toutes les femmes qui consentent se ressemblent, pensa Marie. Elle observa ensuite son frère qui mettait le couvert du petit déjeuner. Grand, fort, les épaules larges, il ne manquait pas d'allure, René.

« Va donc ouvrir, on sonne. » Le ton de Juliette était sans réplique. Marie les laissa tous les deux chuchoter par-dessus les tasses et le pain grillé. Quand elle ouvrit la porte, elle se trouva face à la mère de Philippe Garnier. Il lui fallut accomplir un effort immense pour garder une expression naturelle. Elle y parvint. Chaque année davantage, elle découvrait la force de sa volonté. Elle sourit, et s'effaça pour laisser passer la meilleure cliente de la couturière.

*

« Bonjour madame, dit Marie de sa voix la plus sucrée. Maman vous attend au salon. »

Tandis que Mme Garnier, tous sourires dehors, se faufilait dans le vestibule qui fleurait le poireau, Marie Pitanguy fila vers la chambre de sa mère. Sur la chaise, près du lit, elle repéra le sac à main. Prestement, elle s'empara de quelques billets, d'un bâton de rouge à lèvres, et s'enfuit sur la pointe des pieds.

« Rira bien qui rira le dernier », fulmina-t-elle en dissimulant son butin sous le matelas, dans sa chambre. Puis, elle gagna le salon, un bien grand mot pour ce qui n'était, en fait, qu'une partie de la salle à manger.

« Ne reste pas là, je travaille, dit Juliette.

« — Mais qu'elle reste, si elle veut, cette chère enfant », minauda la cliente.

Si tu savais ce que j'ai fait avec ton fils dans les dunes, tu rougirais, idiote, pensa la fille de la couturière, exaspérée. La pièce où Juliette cousait, coupait, menait son petit monde au bout de son dé à coudre occupait trois mètres carrés. Un paravent d'inspiration japonaise servait de cabine d'essayages, et Mme Garnier s'y réfugia pour passer la robe que Juliette avait réalisée.

Elle réapparut quelques minutes plus tard engoncée dans les flots cramoisis d'une soie bleue, sur les pans de laquelle, à chaque pas, elle manquait se prendre les pieds.

« Quelle merveille ! » s'exclama la couturière avec fierté. Et comme si Mme Garnier, au lieu d'être cette grosse personne empêtrée dans une tenue conçue pour une autre, avait été une gracieuse adolescente, elle poussa sa cliente au milieu du salon Lévitan.

« La taille est trop serrée, se plaignit la pauvre femme, qui semblait avoir du mal à respirer.

— Taratata, fit Juliette souriant à Mme Garnier comme si celle-ci n'était qu'un bébé.

— Je vous répète que je me sens mal. Il faut lâcher les coutures de chaque côté.

— Je n'y comprends plus rien, se plaignit Juliette. J'ai pris les mêmes mesures que d'habitude. »

Saisie d'une inspiration soudaine, et avant que Juliette ait eu le temps de s'y opposer, Marie se précipita vers Mme Garnier. S'emparant des ciseaux, de la bobine d'épingles, elle défit prestement les coutures, reprit l'ourlet, et réajusta le décolleté qui bâillait.

« Qui t'a permis ? » s'insurgea Juliette en s'avançant vers sa fille. Marie lui fit un grand sourire et prit doucement sa main droite. Tout en fixant sa mère avec insolence, elle ôta le dé à coudre qui ornait l'annulaire de la couturière pour le passer sur le sien.

« Ce qu'elle est douée, cette petite ! » s'exclama la cliente à l'instant précis où Juliette songeait à gifler sa fille.

Marie s'éloigna aussitôt de la couturière et, la bouche pleine d'épingles, continua de s'activer autour de Mme Garnier.

Juliette, au comble de l'agacement, n'osant manifester son dépit devant sa meilleure cliente, faisait les cent pas près de la fenêtre. Pour finir, s'inspectant dans le miroir, Mme Garnier sourit, rassérénée.

« Voilà. Maman n'aura plus qu'à coudre, déclara Marie Pitanguy. Je crois que nous avons trouvé les bonnes proportions.

— Merci, mon petit. »

Puisqu'elle avait échoué à séduire le fils, du moins parvenait-elle à étonner la mère : Marie Pitanguy, satisfaite, se laissa choir dans le fauteuil où Juliette aimait s'asseoir en fin d'essayage, pour jauger son ouvrage. La couturière, exaspérée, s'écria :

« Bon. Ne reste pas là à bayer aux corneilles. Va donc faire du thé pour Mme Garnier.

— Bien maman.

— Comme vous devez être fière de votre fille ! »

La mère de Philippe commençait à se dévêtir sans pudeur, car, pour les gens de sa condition, on n'était jamais tout à fait nu devant les domestiques.

« Vous savez, avec les enfants, de nos jours, on peut s'attendre au meilleur comme au pire », soupira Juliette. Quand Marie revint de la cuisine avec le plateau et la théière, Mme Garnier offrait en spectacle son large arrière-train.

« Couvrez-vous donc, madame », gronda Marie Pitanguy.

Et avant que sa mère pût s'interposer, elle saisit le paravent nippon qu'elle déploya devant Mme Garnier.

Décidément, songa Juliette, cette enfant me tuera.

*

Quand tout fut silencieux chez les Pitanguy, quand dans l'immeuble de l'Impasse le dernier locataire fut endormi, Marie Pitanguy mit la robe rouge de Bethsabée. Elle choisit ses talons les plus haut perchés, se maquilla avec soin, passa plusieurs fois sur ses lèvres le fard de la couturière, dissimula l'argent volé dans le creux de son décolleté. Puis, ainsi parée, elle brossa ses cheveux qu'elle crêpa et laqua.

Ensuite, elle marcha pieds nus, ses talons aiguilles à la main, vers la porte d'entrée qu'elle referma doucement, comme chaque nuit. Sa tenue de fête, dans l'Impasse, semblait jurer avec l'impression de tristesse laborieuse qui se dégageait de chaque fenêtre, de chaque porte cochère. Elle se hâta, tenant à deux mains les pans de la robe longue dont le tissu moiré brillait dans l'obscurité.

Rue de la Soif, elle ralentit sa course. Je suis jeune, et peut-être même suis-je belle, se dit-elle comme pour s'en persuader.

Quand elle poussa la porte du café, Marie-Louise qui faisait un tarot à un marin du port en resta bouche bée. Derrière le comptoir, le Commandant, interloqué, se mit à siffler.

Les hommes qui buvaient au bar se turent tandis qu'elle s'approchait. Elle vit, non sans plaisir, le désir s'allumer dans leurs yeux avinés. Parmi toutes ces trognes, elle chercha du regard celui avec lequel, c'était décidé, elle allait monter. Celui qu'elle allait s'offrir pour commencer sa vie indépendante, sa vie adulte, sa vie de Marie Pitanguy.

« Tu as gagné à la loterie ? »

Marie-Louise s'approcha de la jeune fille, intriguée.

« Mieux que ça. Je te raconterai.

— A boire pour la reine des Voyageurs ! » cria le Commandant.

Il exultait. Jamais il n'avait vu Marie rayonner à ce point. Attroupés autour d'elle, les marins se taisaient. Les entraîneuses riaient, mais elles voyaient bien que Marie risquait de leur piquer la clientèle.

« C'est moi qui paie. » Prestement, Marie Pitanguy sortit du creux de son décolleté — si profond qu'à chacun de ses mouvements on voyait ses seins — un billet volé à Juliette qu'elle jeta, en professionnelle, sur le zinc.

« Champagne pour tout le monde, c'est ma

fête! » ajouta-t-elle en prenant la cigarette qu'un marin lui tendait, la main tremblante. C'était un officier dont l'uniforme et l'air morose évoquaient irrésistiblement Henri Pitanguy.

« Tu habites dans le coin? demanda l'homme avec un regard concupiscent.

— Bas les pattes, matelot! s'indigna Marie-Louise, qui veillait.

— Fini le grand amour, terminé Philippe Garnier! » s'écria Marie Pitanguy. Les mains sur les hanches, elle fit un clin d'œil à la patronne qui recula, impressionnée.

Marie-Louise portait une robe noire très théâtrale. Les tenues de la patronne la moulaient toujours à l'extrême, si bien que les chalands étaient souvent tentés de la confondre avec le reste du cheptel. Certains auraient payé cher pour monter avec elle, qui faisait mine de s'en offusquer, en disant à Marie : « Un homme sera toujours un homme, que veux-tu! » Ce soir-là, pourtant, tandis que résonnait dans la salle comble un air de tango à faire pleurer l'être le plus endurci, Marie attirait sur elle tous les regards. C'était elle la vedette du bordel. Et découvrant qu'elle pouvait faire sensation, elle jubilait, ce qui augmentait l'éclat de son teint. Quand l'officier s'approcha, elle ne broncha pas, pas plus qu'elle ne s'insurgea quand il décida, à voix basse, qu'il voulait boire dans son verre. Marie-Louise rejoignit le Commandant derrière le bar, et ils chuchotèrent quelques instants, stupéfaits par la métamorphose de leur protégée.

« Ça alors! » murmura le Commandant. C'était la première fois de sa vie qu'il semblait surpris.

« Comme tu dis », ajouta la patronne qui jubilait.

Les clients, découvrant avec dépit que l'officier plaisait à la fille en rouge, s'éloignèrent pour reprendre, avec les entraîneuses, leurs mornes conversations.

« Tu as de beaux yeux, dit l'homme en uniforme.

— Vous aussi vous me plaisez, l'officier.

— Tu voudrais bien monter ?

— Pourquoi pas ? » Elle le fixa un instant et but ce qui restait de champagne dans son verre. La tête lui tournait. Elle aimait bien ce nouveau personnage qui était désormais le sien, et l'assurance qu'elle devait à la robe rouge. C'était la vraie Marie que les autres découvraient enfin, et non la fille de la couturière.

Elle entraîna l'officier vers l'escalier qui menait aux chambres. Marie-Louise posa la main sur le bras du Commandant, qui s'apprêtait à bondir.

« Salopard, gémit-il, livide.

— La petite a du cran. Laisse-la faire. »

Le Commandant baissa la tête. Marie-Louise lut sur son visage d'homme encore jeune ce qu'elle devinait depuis longtemps.

« Même à toi, elle plaît ce soir, pas vrai ? »

Le Corse ne répondit pas et, les bras croisés, parcourut la salle du regard.

« Dehors, toi, là-bas ! » hurla-t-il à l'adresse d'un marin dont la tête ne lui revenait pas. Pendant ce temps, à l'étage, une fille sortit avec son client de la chambre 27.

« Tiens, c'est toi ? » Surprise, elle fixait l'officier

que Marie tenait par la main. « Mais que fais-tu à l'étage, Marie ? poursuivit-elle.

— Devine ? »

La prostituée, stupéfaite, observa la jeune fille en rouge qui précédait l'officier dans la chambre au lit défait. Quand elle referma la porte, Marie entendit la pute qui riait en descendant l'escalier. Puis, elle jeta un regard dur sur sa proie : cet homme avait bien cinquante ans. Il se dirigeait vers elle, bras tendus, ignorant que contrairement aux apparences, ce n'était pas lui qui commandait, mais elle, qui avait jeté son dévolu sur lui. Quand il la prit dans ses bras, elle s'étonna de cette odeur d'homme si nouvelle, un parfum qu'elle ne connaissait pas. Il l'embrassa. Ce n'était pas les petits baisers de l'étudiant. Il forçait le barrage, s'enfonçait dans sa bouche.

Elle recula et, des deux mains, souleva par le bas la robe de Bethsabée. Quand elle se trouva nue devant lui, ce fut lui qui rougit.

Elle se coucha sans dire mot sur le lit, et attendit. Elle l'observa qui se débarrassait en toute hâte de son uniforme, et quand il fut nu lui aussi, elle s'étonna encore de ce torse aux pilosités lourdes, de ces fesses hautes, de ces jambes qui ne ressemblaient en rien aux mollets fins de Philippe Garnier. Elle ne ferma pas les yeux. Prise d'une frénésie soudaine, elle se donna tant et si bien qu'une heure plus tard, en effet, l'officier avait tout obtenu d'elle.

« Ça fait longtemps que tu exerces ? soupira-t-il, exténué.

— Pas mal de temps, il est vrai », dit Marie, faussement modeste.

Elle se dégagea de ce grand corps encombrant et tandis qu'elle scrutait son visage dans un miroir ébréché, au-dessus du lavabo, vit de larges cernes sous ses yeux.

Il la regardait avec passion.

« Avec toi, ce n'est pas pareil.

— Tu en reprendrais bien un peu, hein ? » demanda-t-elle en forçant sur la vulgarité du propos par un sourire de lourde connivence.

Puis, pour aller jusqu'au bout de sa liberté toute neuve, elle s'installa devant lui, à califourchon sur le bidet qu'elle utilisa sans façon.

« Voilà, dit-elle en se rhabillant.

— Mon bateau est en rade toute la semaine. Cela te dit qu'on reste ensemble ?

— L'argent d'abord, mon chéri. »

Il chercha dans les poches de son veston marine et posa sur la table de chevet boiteuse une liasse de billets.

Elle s'en empara, les compta un à un.

« Toi, tu m'aimes vraiment », fit-elle gaiement.

Puis elle le précéda pour quitter la chambre 27. Quand elle descendit l'escalier, afin qu'il sentît sa tendresse, elle prit son bras.

*

Elle retrouva l'Impasse à l'aube, l'esprit surchauffé. Pour peu qu'on l'examinât sous un angle différent, l'existence semblait possible. Pourtant, quand elle se glissa dans son lit étroit, après avoir caché dans un placard la robe rouge de Bethsabée, elle pleura en douce, quelques larmes étouffées.

Vers huit heures du matin, Juliette la réveilla en tirant d'un seul coup les draps hors du lit.

« Debout. A ton âge, j'étais levée à six heures.

— René dort encore, lui.

— René me donne moins de soucis. »

Elle était nue quand elle sortit du lit. Presque malgré elle, Juliette tourna la tête, gênée. Elle constate que je grandis, songea Marie qui savait ses charmes depuis qu'elle avait étrenné la robe de Bethsabée.

Quand Marie sortit de la salle de bains, revêtue d'un pantalon et d'un col roulé noirs, Juliette leva les bras au ciel.

« Toujours en deuil, à ce que je vois ? A-t-on jamais vu une fille ainsi accoutrée ! »

Juliette détestait les tenues de sa fille, qui, par goût de la provocation, ne portait que des vêtements noirs sous prétexte que c'était sa couleur préférée. A Lorient, les filles bien élevées marchaient au bras de leurs mères, dans des jupes plissées qu'égayaient des blouses pastel, à col boutonné. Comme Marie avait en horreur les rubans, les nœuds, les barrettes, les volants, les jupons gonflés, tout ce qui semblait consacrer la féminité, elle ne ressemblait à personne. Seules les vieilles Bretonnes qu'on croisait dans les ruelles aux maisons basses, derrière le port, s'habillaient de noir des pieds à la tête, mais entre la guerre et les naufrages, elles avaient, pour la plupart, perdu tant d'hommes en si peu de temps, qu'elles n'avaient guère le choix. Dans la cuisine, Juliette préparait du thé.

« Tu ne prends rien ?

— Pas faim.

— Tu vas encore traîner dans les cafés.

— Laisse-moi respirer.

— Ne réponds pas, ou tu vas recevoir une paire de claques. »

Juliette se fâchait toujours pour des broutilles.

« Personne ne t'aime, conclut-elle d'un air dégoûté. Tu es tellement désagréable. Pauvre fille », ajouta Juliette en tournant le dos à Marie Pitanguy. La mère employait, sans le savoir, les mots de Philippe Garnier.

Il devait y avoir moyen de se sortir de ce guêpier. Ce n'était qu'un mauvais moment à passer.

*

Vers midi, Marie se promenait sur la jetée quand elle entendit une voiture klaxonner. Elle se retourna pour découvrir une Cadillac jaune, d'où s'échappaient des mains qui agitaient le drapeau noir à tête de mort des pirates. Elle rit, sûre que c'était eux. Quand la limousine glissa doucement près d'elle, elle reconnut Marie-Louise qui trônait seule à l'arrière tandis que le Commandant tenait le volant.

« On te cherchait », cria la patronne.

La voiture américaine brillait au soleil de juillet ; Marie ouvrit la portière avant et demanda au conducteur, hilare :

« D'où sortez-vous ce carrosse ?

— Les affaires sont les affaires, Princesse. »

Dès qu'elle fut assise à ses côtés, le Commandant appuya sur l'accélérateur. Marie-Louise saisit

Marie par-derrière et lui embrassa les cheveux. La voiture ne leur appartenait pas, ils l'avaient empruntée. Le Commandant ajouta qu'il avait eu, par chance, d'importantes rentrées d'argent. Il voulait fêter l'événement. Un pique-nique du tonnerre, un gueuleton mémorable. Vers Quiberon, il connaissait un coin tranquille, une plage déserte, cernée par des falaises. Personne ne s'y risquait, même en pleine saison.

Dans des paniers d'osier rangés à l'arrière, Marie-Louise avait préparé un repas substantiel. Des sandwiches au pâté, du saucisson, des œufs durs, du poulet froid, des tomates farcies, une jardinière de légumes sauce gribiche, des fraises à la crème, un melon au porto, et une bombe glacée. Pour les rafraîchissements, elle avait prévu un châteauneuf-du-pape 1947. Ce menu plaisait-il à la Princesse?

« On pourrait peut-être s'arrêter en route pour acheter des crêpes, j'ai peur qu'il n'y ait pas assez », dit Marie en faisant, dans le rétroviseur, un clin d'œil à la patronne. Celle-ci commençait déjà à goûter le cru pour vérifier qu'il était assez chambré. A treize heures, la Cadillac rangée sous un pin maritime, ils descendirent en file la falaise escarpée. Le Commandant fit plusieurs tours, pour le ravitaillement. Marie-Louise jeta sur le sable blanc un dessus-de-lit à losanges rouges, emprunté dans une chambre du haut. Elle planta tout près le drapeau des pirates. Son large parapluie noir, qu'elle ouvrit, abrita les vivres et les boissons du soleil de plomb qui brillait par chance ce jour-là. La chaleur persisterait jusqu'au soir, on le devinait au léger brouillard qui flottait sur la mer, comme une brume d'Afrique. Le Commandant avait dit vrai : ils étaient seuls et jubilaient. Le Corse releva son pantalon de velours marine pour marcher dans l'eau. Marie-Louise s'allongea sur la courtepointe, et Marie se coucha près d'elle, ses cheveux roux frôlant ceux de la patronne.

« Regardez, un bateau ! s'exclama le Commandant.

— On dirait l'*Inflexible* », murmura Marie, songeuse.

A leurs pieds, des mouettes se promenaient, des crabes minuscules couraient sur le sable mouillé tandis que s'enfonçaient dans la vase des vers microscopiques que gobaient aussitôt les oiseaux. Ils déjeunèrent. Puis, tandis que le Commandant décidait de faire la sieste, la tête à l'ombre du drapeau noir, les deux femmes se dirigèrent vers les rochers, et se dévêtirent.

Elles nagèrent jusqu'à un promontoire en bois qu'elles escaladèrent avant de faire de grands signes au Commandant. Puis, constatant que rien ne pourrait le réveiller, elles s'allongèrent sur les planches rugueuses, à plat ventre, et se laissèrent gagner par la torpeur de l'été.

« Ton type, on va s'en occuper, dit Marie-Louise en levant la tête.

— N'y pensons plus. » Marie évita de croiser le regard de la patronne, pour lui cacher son chagrin.

« La robe de Bethsabée te va bien, mais ce n'est pas un métier, pour toi », ajouta Marie-Louise en baissant la tête au creux de ses bras repliés. Après

La voyageuse du soir.   3.

quelques minutes et comme Marie ne bronchait pas, la patronne reprit :

« Tes dessins me plaisent. Tu ne vas pas faire le tapin.

— Ça te va bien de dénigrer la profession », soupira Marie en se rapprochant d'elle pour l'embrasser. Puis elles s'endormirent sur le ponton qui dansait sur la mer. A quatre heures, écarlates, elles s'ébrouèrent et virent, au loin, sur la place, le Commandant qui agitait le drapeau des pirates.

« Rentrons, dit Marie-Louise. Il nous attend. »

Elle se jeta à l'eau la première et Marie l'observa un instant qui nageait vers le rivage. Le souvenir du repas, le vin qui lui montait encore à la tête, la chaleur de juillet, la certitude qu'ils veillaient sur elle : tout concourait à son bonheur. Elle plongea et nagea lentement vers Marie-Louise et le Commandant. A chaque mouvement de sa brasse, elle contemplait leurs chères silhouettes, au premier plan et derrière eux, sous le pin maritime, la Cadillac jaune.

Quand elle s'ébroua sur le rivage, le Commandant tourna le dos, pudiquement. Marie-Louise avait récupéré sa jupe noire, son corsage de dentelles sombres, et tout en tenant bien haut son parapluie elle tendit à Marie une serviette de bain. Puis, ils s'assirent tous les trois pour attendre le crépuscule.

*

« C'est pour dîner. J'ai rendez-vous avec Marie Pitanguy », dit Philippe Garnier, hôtel des Voyageurs. Le veilleur de nuit, qui n'avait jamais vu d'aussi près la tête d'un habitué du Central, tourna le bouton d'un poste de radio derrière lui. La voix d'Edith Piaf couvrit soudain les propos du jeune homme. « *Je me ferais teindre en blonde, j'irais jusqu'au bout du monde, si tu me le demandais...* »

« Hep, je vous parle, monsieur.

— Taisez-vous donc. C'est ma chanson préférée. »

Exaspéré, l'homme au crâne chauve montra la porte du bistrot et ajouta :

« Première à gauche. Filez. On vous attend.

— Merci pour l'accueil.

— Ici, monsieur, ce n'est pas un palace. Si ça ne vous plaît pas, on ne vous retient pas. »

Mal à l'aise, l'étudiant releva le col de son imperméable et, pour se donner de l'assurance, se souvint d'Humphrey Bogart dans *Play it again Sam*. Du même coup, il poussa avec vigueur la porte du bar où Marie Pitanguy lui avait fixé rendez-vous par téléphone. La salle, dans une pénombre propice aux confidences, lui parut bondée. Debout sur le comptoir, une femme rousse, mains sur les hanches, moulée dans un fourreau rouge si provocant qu'elle eût été plus pudique toute nue, avançait parmi les verres, tandis que les spectateurs retenaient leur souffle. Elle se pencha soudain vers un marin pour lui envoyer un baiser de la main, et par l'échancrure de la robe, Philippe apprécia, en connaisseur, ses petits seins. Les spectateurs voulaient obliger la jeune femme à poursuivre car elle faisait mine de s'interrompre. Philippe Garnier dut s'appuyer contre le mur peint à la chaux pour reprendre ses esprits. Il rêvait. Ce ne pouvait être elle. Pourtant, il dut se rendre à l'évidence. Cette fille superbe n'était autre que Marie Pitanguy. Celle qui fermait les yeux et poussait de petits cris quand il la couchait sur le siège de sa Triumph. Celle qui pleurait quand elle lui parlait de ses projets. Celle qui se prenait pour une nouvelle Chanel.

Par chance, hypnotisés par Marie, qui s'offrait en spectacle avec un plaisir évident, les habitués ne le virent pas s'avancer vers le bar. Elle dansait à présent sur un air nostalgique et les marins, la tête levée vers ce halo de lumière qui sculptait son visage tendu vers eux, se taisaient, mâchoires crispées, yeux exorbités.

Elle changea de rythme car la musique se faisait endiablée. Il reconnut *I Can't Get no Satisfaction*, des Rolling Stones. Elle se déhanchait d'une manière si lascive que Philippe perçut le désir qui montait brusquement en lui. Gêné, il observa les autres hommes autour de lui pour constater que son trouble semblait partagé par la plupart d'entre eux. Les femmes, apparemment de pauvres filles qui faisaient commerce de leurs charmes, gobaient littéralement des yeux la fille de la couturière, comme pour percer le mystère de son magnétisme. Philippe Garnier, stupéfait, n'arrivait pas à croire qu'il s'agissait bel et bien de Marie, sa Marie. Que lui avait-on fait, depuis leur dernière promenade dans les dunes, tandis qu'il l'avait prise sans passion, et qu'elle lui jetait des regards enamourés ? La fille en rouge s'accroupit et tendant la main vers ses admirateurs, leur fit signe qu'elle souhaitait descendre du bar, et récupérer son tabouret, près de Marie-Louise, qui donna le signal des applaudissements.

« A boire, Commandant », cria la patronne qui, se retournant, repéra soudain le nouveau venu. Marie lui ayant montré une photo de Philippe, elle reconnut immédiatement le fils à papa de la villa blanche. Elle eut une moue dubitative qui se transforma aussitôt en grimace de mépris. « A boire, même pour le monsieur là-bas ! »

« Philippe, te voilà enfin ! » cria Marie en courant vers lui. Même sa voix avait changé. Elle possédait à présent des intonations suaves. Les marins se retournèrent comme un seul homme vers le visiteur embarrassé. Comme personne ne l'avait rencontré dans les bars du port, ou sur la jetée, chacun fut déçu, en son for intérieur, du choix de Marie Pitanguy. La dernière fois, du moins s'était-elle entichée d'un bel officier. Un homme. Un vrai. Celui-ci, rien qu'à le voir on devinait que pendant la tempête, en cas de mer agitée, il ne fallait pas compter sur lui. Que diable faisait Marie Pitanguy avec ce blanc-bec ? « Le lait lui sort encore du nez, à ce morveux », grogna un marin, nerveux, en avalant son dixième calvados.

Sentant ces regards hostiles le percer comme autant de poignards, Philippe Garnier fut soulagé par la présence de Marie qui le serra dans ses bras comme les garçons font avec les filles. Il l'embrassa avec une passion non feinte, car ce corps moulé par la soie rouge le rendait fou. D'autant qu'une fente, qu'il n'avait pas remarquée avant, laissait entrevoir de longues jambes gainées de bas résille noirs.

Tandis qu'il prenait dans ses bras cette femme de mystère, regrettant d'avoir voulu la quitter, il ne put s'empêcher de haïr ce bouge enfumé où aucun de ses amis du Central n'aurait voulu se montrer. Un brun au regard dur, adossé aux bouteilles, derrière le comptoir, semblait régner sur ce petit monde abject. Bras croisés, maxillaires crispés, le Commandant devina ce que l'étudiant pensait de lui et de son bistrot et il fixa le jeune homme avec une telle férocité que même Marie-Louise eut peur.

« Il ferait mieux de se tirer, grommela un habitué.

— C'est un ami de Marie. Il ne risque rien », répondit Marie-Louise en haussant les épaules.

La jeune fille, comme si elle s'était trouvée seule au monde, au paradis, avec l'homme de sa vie, souriait. Puis, faisant un geste de la main vers son public apparemment déçu, flamboyante, elle précéda son compagnon vers l'escalier qu'elle gravit sans façons.

« Où allons-nous ? demanda Philippe Garnier, de plus en plus intimidé, la voix couverte par les quolibets.

— C'est une surprise. »

Elle ne put s'empêcher de pouffer en voyant son air horrifié.

« Amusez-vous bien, les amoureux ! » cria Bethsabée depuis le rez-de-chaussée, et de gros rires fusèrent à la ronde.

A l'étage, le tapis semblait usé, la peinture écaillée. Quel taudis ! pensa Philippe Garnier. Marie ouvrit une porte et dit : « Entre. Nous avons toute la nuit. »

Quand il découvrit le large lit aux draps à peine tirés, comme une invite, au pied duquel un souper fin avait été servi sur une table d'appoint, Philippe respira, soulagé. C'était donc ça. Le piège classique. Un traquenard amoureux. La petite avait beau avoir complètement changé, elle ressemblait à celles qu'il avait possédées. Tout cela parce que les filles, au contraire des garçons, croient les promesses d'amour, et entendent même, les malheureuses, celles qu'on ne leur dit pas.

« Assieds-toi. Ce n'est pas beau, tout ça ?

— Très », dit-il, l'air embarrassé.

Près d'une assiette de saumon fumé, il vit un seau à champagne, du pain bis, le beurrier. Dans une corbeille, on avait disposé des fruits, il y avait même une tarte aux pommes. Elle pense à tout, se dit-il, vaguement ému.

Il dénoua la ceinture de son imperméable et s'installa gauchement sur une chaise, face à son hôtesse. Il se félicitait à présent d'être venu. Même si, la veille, Marie Pitanguy l'ennuyait, ce soir-là, face à cette personne troublante, sûre d'elle, il n'éprouvait qu'un désir : la coucher dans ce lit qu'elle avait préparé pour eux. Mais encore faut-il avec les femmes observer les règles de bienséance, aussi décida-t-il de faire honneur au souper froid.

Tandis qu'elle le servait en souriant, il se souvint avec une émotion croissante de la courbe de ses seins. Cette douceur de satin quand, dans les dunes, elle haletait contre lui. Il toussa, et rougit. Quant à elle, qui susurrait des mots d'amour, elle le haïssait. Si ses os avaient pu craquer, son sang ruisseler, comme elle en eût été soulagée ! Mais il fleurait bon la jeunesse et la santé, le salaud. Il alluma une autre cigarette et le claquement de son briquet en or évoqua pour Marie les douceurs mortes de ce temps où elle croyait en lui.

« Drôle d'endroit, se plaignit-il.

— On s'y fait, tu verras.

— Pourquoi me donner rendez-vous ici ?

— Comme ça. »

Philippe ne touchait pas à son assiette. Il jouait nerveusement avec le beurrier en forme de coquillage, les sourcils froncés. Que voulait-elle au juste ? Une vieille maîtresse un peu collante, voilà ce qu'elle était encore la veille, Marie Pitanguy. Mais cette fille rayonnante, dans cette robe fendue à damner un saint, pour rien au monde il n'aurait voulu l'abandonner.

« Marie, tes parents sont sévères.

— Ma mère préfère mon frère.

— Évidemment. Enfin, ce n'est pas ce que je voulais dire. » Il hésita puis reprit :

« Moi, je te trouve formidable.

— Pas assez cependant. »

Que mijote-t-elle ? se demanda-t-il. Pour une fois il parlait d'une voix timide, elle tranchait sur tout avec assurance. C'était fou ce qu'un vêtement pouvait changer quelqu'un. Perplexe, il la contempla. Ce qu'il voulait, c'était lui arracher sa satanée robe et la prendre, là, par terre, pourquoi pas ?

Elle s'acharnait sur une pince de langoustine — car elle avait même pensé au plateau de crustacés —, broyait le cartilage, coupait, cassait. Bruit mou, chairs déchiquetées. La vie sera douce, mais plus tard, songea-t-elle, aspirant, avec la chair du coquillage, un peu d'eau salée. Comme elle se penchait toutes les cinq minutes, dans l'échancrure de la robe, il voyait les petits seins le narguer. Elle devinait son trouble et s'en réjouissait. Il la désirait, c'était toujours ça de gagné. Première règle, se dit-elle, rester souriante face à un homme qui vous désire. Il saisit sa main.

« Marie, tu es la femme de ma vie.

— Ah oui ? »

Il se leva, renversa la chaise, et la prit gauchement contre lui. Ses baisers de chiot la firent trembler. Elle l'aimait, le traître, elle l'aimait à en crever. Mais il ne servait à rien d'espérer. Pourtant, des étoiles jaillissaient pour exploser très haut dans sa tête avant de retomber, mais d'autres surgissaient alors. Qui aurait pu se passer des hommes ? Qui ? Il la coucha sur la courtepointe criblée de taches et elle vit, en gros plans, sur la toile qu'avaient souillée d'autres amours, les pleins et les déliés de tous ces élans qui les avaient précédés. Quand il l'embrassa sur le nez, elle se souvint de la chevalière en or, et se mit à pleurer.

« Pardon », murmura-t-il, haletant, se dégageant tant bien que mal de ses vêtements. Pardon de quoi, idiot, pensa-t-elle, mais plus elle souhaitait garder, en ce moment crucial, la tête froide, plus le chagrin de l'avoir perdu la terrassait. On avait beau jouer les fières-à-bras, la vie, c'est plus difficile qu'on croit. Le coupable, ce n'était ni elle ni Philippe Garnier, mais l'amour sur lequel il ne fallait pas compter.

L'amour, après Philippe Garnier, serait une soif qu'aucun homme ne pourrait étancher. Une faim qu'aucun d'entre eux ne saurait apaiser. Il se dressa soudain sur elle, et s'arc-bouta, bredouillant je ne sais quoi.

« *Encore !* » cria-t-elle, si haut, si fort, qu'un client se mit, excédé, à cogner contre la cloison de la chambre d'à côté.

*

Elle s'endormit dans ses bras. Pas longtemps car la porte s'ouvrit soudain, vers les deux heures du matin, sur Marie-Louise et le Commandant. Il tenait une bouteille de mousseux et des verres ; elle riait, les mains sur les hanches, debout dans l'entrée. Philippe Garnier se dressa dans le lit, les yeux écarquillés, vaguement inquiet.

« Bonjour les chéris, s'écria Marie-Louise, on vient fêter la première nuit du bizuth. »

Quand elle s'approcha du lit, elle buta contre la table basse où subsistaient les vestiges du repas et fit un clin d'œil à Marie. Celle-ci hésitait. Même si leur visite avait été, depuis longtemps, prévue au programme, Philippe ne méritait-il pas qu'on lui épargnât des représailles ?

Dégonflée, se dit-elle. Pourtant c'était plus fort qu'elle. Tantôt en elle une diablesse s'agitait, qui criait vengeance, tantôt elle se sentait prête à tout accepter pourvu qu'il voulût bien d'elle. Elle admira au passage les formes plantureuses de la patronne, ses jambes galbées, ses escarpins à talons aiguilles, ses bas résille. Marie-Louise en imposait. Devant une femme de cet acabit, il ne fallait pas mollir.

« Ne fais pas cette tête-là, dit le Commandant en se laissant choir sur le lit. On veut simplement trinquer avec vous. »

Philippe, qui devina le trouble de Marie, sans pour autant percevoir le sens de cette visite étrange, se redressa, s'appuya contre l'oreiller, et, couvrant sa poitrine glabre avec un drap, décida de faire bonne figure.

« Ce sont des amis à toi ? » demanda-t-il d'une voix timide à Marie, allongée à ses côtés.

Marie-Louise lui donna une grande claque sur la cuisse, à travers la courtepointe, et déclara :

« Oui, des amis à elle. Et donc un peu des amis à toi, pas vrai Commandant ?

— Absolument », dit le patron en faisant sauter le bouchon du mousseux qui s'écrasa au plafond dans un bruit mou. Marie tendit le bras en dehors du lit, saisit la robe rouge qui traînait sur le tapis usé et tout en restant sous les draps, commença de se vêtir. Quand elle fut habillée, elle se jucha sur le matelas.

« Admirez, jeune homme, c'est la robe rouge de Bethsabée, dit Marie-Louise d'un ton menaçant.

— Je vois, madame.

— Non, tu ne vois rien, imbécile », grogna Marie-Louise, et presque malgré lui, le garçon leva le bras pour se protéger des coups.

D'habitude, c'est toujours moi qui ai ce réflexe-là, songea Marie, étonnée. Marie-Louise prit sa protégée par la main et lui fit faire un demi-tour sur le lit. Le Commandant siffla. Philippe, qui se demandait s'il rêvait — un cauchemar — ou s'il se

73

trouvait dans un coupe-gorge, un repaire d'aliénés, se jura, trop tard, qu'on ne l'y reprendrait plus.

« Elle te plaît, hein ? » gronda le Commandant en versant du mousseux dans un verre qu'il tendit au garçon. Le ton semblait sans réplique.

« Oui, monsieur.

— On ne dit pas monsieur. Je suis le Commandant. Tout le monde sait ça. Et elle, la dame en noir là-bas, c'est Marie-Louise. Dis bonjour à Marie-Louise, morveux.

— Mais, monsieur ! »

Il n'eut pas le temps de poursuivre. Incapable de dominer son ire plus avant, le Commandant l'empoigna et allait lui cogner le crâne contre le mur, quand Marie s'interposa entre eux.

« Arrêtez, s'il vous plaît, Commandant ! Marie-Louise, arrête, je t'en prie », dit-elle en se tournant vers la patronne qui jubilait devant la mine atterrée du foutriquet.

Le Commandant lâcha sa proie si brutalement que la tête de Philippe heurta la tapisserie sale. Pétrifié, l'étudiant toucha la bosse qu'il avait au front, sans oser bouger ou parler. Marie décida d'employer les grands moyens. Elle se mit à pleurer.

« Mais quoi petite, qu'est-ce qu'il y a ? », dit Marie-Louise, émue.

Le Commandant allongé de tout son long sur le lit sirotait son mousseux comme s'il avait oublié la présence de Philippe Garnier.

« Allez-vous-en, je vous en prie. J'ai changé d'avis. Allez-vous-en. Il nous reste si peu de temps. »

74

Le Commandant se leva soudain, et l'air penaud, son verre vide à la main, fit signe à Marie-Louise. Celle-ci scrutait avec mépris le visage de Philippe Garnier.

« Il ne fera jamais rien de bon dans la vie celui-là. Tu perds ton temps », dit-elle en se levant à son tour. Dans sa tenue de soirée, Marie Pitanguy allait de l'un à l'autre, tentant, vainement, de choisir son camp. Elle paraissait plus âgée que ses dix-sept ans. La robe rouge, il est vrai, accentuait sa minceur, sculptait ses formes, et rehaussait sa pâleur. Elle est vraiment belle ces temps-ci, songea Philippe Garnier.

« On n'entre pas comme ça chez les gens, cria-t-il, soudain hors de lui, à l'adresse du Commandant qui, prenant Marie-Louise par le bras, s'apprêtait à tourner les talons.

— Ils sont ici chez eux », dit sèchement Marie Pitanguy. Elle s'assit sur le rebord du lit pour mettre ses escarpins vernis et décida de lever le camp.

« Je t'attends en bas, Philippe. La fête est finie. Dépêche-toi.

— Tu parles d'un établissement !

— A tout à l'heure », ajouta-t-elle en se retournant à peine. Entourée de ses amis, elle se dirigea vers la porte. Philippe Garnier esquissa un geste pour la retenir, mais sa main retomba mollement sur les draps.

*

Le Commandant et Marie-Louise étaient déjà descendus, si bien que Marie se retrouva seule sur le palier. Soudain, un homme surgit de la chambre d'à côté. Vêtu d'un manteau sombre, feutre enfoncé sur le nez, il tourna prestement la tête dans la direction opposée, mais Marie eut le temps de voir qu'il pleurait sous son chapeau. C'était pourtant un voyageur âgé, quarante, cinquante ans. Avec des rides, de la barbe mal rasée. Tout le monde avait donc son chagrin à transporter dans ce bordel? Elle s'approcha, et posa doucement la main sur son bras. Il tressaillit.

« Ne pleurez pas. Je suis là.

— Je ne pleure pas. Et vous n'êtes rien pour moi. » Décontenancé, l'homme posa sa valise à ses pieds.

« Et si j'étais tout pour vous?

— On peut toujours rêver, ricana-t-il.

— Imaginez qu'il y a un homme qui m'aime. Or je suis là, en face de vous. Donc je lui manque, non?

— En quelque sorte, dit l'homme, amusé.

— Faites encore un effort d'imagination. Songez que cet homme, c'est vous. Par chance, vous êtes ici, à mes côtés. Je ne vous manque pas. Je suis bien vivante, là, tout près de vous. Vous vous rendez compte?

— Je vois. » L'homme fixait Marie avec une curiosité croissante mais le visage de l'adolescente restait dans l'ombre. Tout ce qu'il voyait d'elle, c'était cette tache rouge sang, dans la pénombre.

« Fermez les yeux, monsieur, et serrez-moi contre vous. Respirez mon parfum. Touchez mes cheveux. » Elle prit sa main, d'autorité, et la posa sur sa joue. « Touchez, monsieur, je suis celle dont l'absence paraît intolérable. »

Subjugué, le voyageur obéit. Il caressa ce visage inconnu, puis comme la jeune fille se serrait contre lui, ferma les yeux. Elle leva le bras et ôta son feutre avant de prendre son visage d'homme las entre ses mains aux ongles peints comme ceux des professionnelles.

« Vous voyez bien, vous n'avez plus de chagrin. Allez, monsieur. Je ne vous oublierai pas.

— Je vous remercie, mademoiselle. »

Il remit son chapeau et dévala les marches sans se retourner. « Encore une folle », se dit-il. Elle resta une seconde à le regarder partir, et songeant à tous ceux qui s'en allaient toujours, sentit la tristesse la gagner.

*

Le lendemain, vers les midi, Marie Pitanguy se dirigea vers le Central, dans l'espoir de forcer le hasard. Elle ne vit pas Philippe parmi les jeunes gens qui riaient en terrasse, aussi, pour la première fois, mue par un instinct étrange, osa-t-elle pénétrer dans le restaurant. Monsieur François, son carnet de réservations à la main, se dressa soudain devant elle et, d'un air hautain, lui demanda ce qu'elle voulait.

« J'ai rendez-vous », dit-elle et elle le poussa presque pour franchir les quelques pas qui la séparaient des premières tables. Il ne lui fallut pas longtemps pour les découvrir, côte à côte, sur la banquette de moleskine. La blonde fumait, fixant droit devant elle un horizon de plaisirs. Sa moue, à peine boudeuse, suggérait à l'avance aux importuns qu'il s'en fallait d'un rien pour que tout l'ennuyât. Sa blouse rose, où flottaient ses gros seins, devait plaire aux dragueurs du Central. Quant à Philippe Garnier, qui lui servait à boire, lorsqu'il leva la tête et découvrit Marie Pitanguy, il devint écarlate.

« Marie! fit-il, interdit.

— C'est elle? fit la blonde.

— C'est moi la pauvre fille », répondit l'intruse.

Puis, comme Philippe reposait la bouteille sur la nappe blanche, elle la saisit et sans dire mot aspergea tranquillement la blouse rose de la blonde qui se mit à hurler. Outrés, les convives des tables alentour, tous bourgeois de Lorient qui connaissaient la mauvaise réputation de Marie Pitanguy, poussèrent des cris indignés. Les garçons en veste blanche accoururent. La blonde debout, dégoulinante de vin, hurlait, tandis que Philippe, aidé de Monsieur François, tentait de s'emparer de Marie qui se débattait. Ils finirent par la maîtriser. Philippe dit à Monsieur François en lui tendant un billet : « Laissez, je m'en occupe. »

Les garçons accompagnèrent la blonde aux toilettes pour l'aider à reprendre figure humaine.

Dehors, Marie se mit à pleurer. La robe rouge de Bethsabée n'était qu'illusion. Qu'avait-elle cru? Qu'on pouvait régner au Central lorsqu'on était né dans l'Impasse?

Philippe Garnier, qui détestait le scandale, la prit par le bras. Il fallait absolument calmer cette rage qui la possédait.

« Viens, ma chérie. On va parler tranquillement », dit-il en ouvrant la portière de sa décapotable.

*

Il va me faire son sale petit numéro, pensa-t-elle
quand la Triumph amorça le virage pour rejoindre
la jetée. Il va aller jusqu'au bout, trop loin, et cette
fois je n'aurai pas peur. Philippe Garnier en effet
stoppa le moteur à un mètre du vide. La mer, calme
encore à cette heure, se trouvait à leurs pieds. Il
serra le frein à main et se tourna vers la passagère
d'un air décidé. Elle remarqua qu'il avait les
cheveux gras. Sur le volant, ses mains fines tapo-
taient un air de jazz qui s'échappait, en sourdine,
de la radio. Elle examina son pantalon de velours
beige, son pull marine en Shetland, sa chemise bleu
ciel, dont le col, impeccable, dépassait, juste ce
qu'il fallait, de l'encolure en V. Décidément, il
semblait parfait, Philippe Garnier. Elle regarda ses
mocassins de cuir roux, à grosse semelle, d'excellente qualité. Ses chaussettes à losanges, dans des
tons écossais, hautes à souhait, ponctuaient sa
tenue typique d'étudiant fortuné.

« Alors ? »

Elle se taisait. Il fouilla dans son imperméable,
qu'il saisit sur le siège arrière, pour trouver ses
cigarettes. C'était le moment. Prestement, en une
seconde, elle mit le contact et saisit le frein à main.

« Tu es folle ou quoi ? » cria-t-il soudain.

La voiture glissa imperceptiblement vers le vide.
Il voulut s'emparer du frein, mais elle se jeta sur lui

et calcula qu'il lui restait quelques secondes. Ou Philippe reprenait la situation en main, et ils s'en sortiraient. Ou il s'affolait, et tous deux mourraient. Aucune de ces issues ne lui plaisait, mais bizarrement, les deux solutions semblaient comporter leurs avantages. Il se débattait, mais elle le giflait, griffait, glissant comme une anguille entre ses doigts. Pendant leur brève lutte, elle entendit par-dessus leurs têtes, au loin, le cri plaintif d'une mouette. Qu'était-elle au fond ? Qu'était donc Lorient, l'Impasse, le Central, le Bon Coin, ses carnets à dessins, la trahison de ce petit con face à l'immensité du monde, à la terrible indifférence qui planait sur les dunes, dont le silence n'était rompu que par le cri des fous de Bassan ? Les hommes semblaient si petits, si ridicules avec leurs minuscules soucis, leurs petits projets. Il parvint à la maîtriser, et coupa le contact en serrant la pédale de frein, après avoir donné un coup de pied à sa passagère qui appuyait de toutes ses forces, du pied gauche, contre l'accélérateur. Il était temps. Le front luisant de sueur, livide, il entama une marche arrière, et lorsque loin du précipice, de la mer, il se sut en sécurité, il s'effondra sur le volant, la main sur la clef de contact.

Sans mot dire, elle sortit du cabriolet et fit quelques pas avant de se poster devant le pare-brise, dans les embruns. Des promeneurs s'étaient arrêtés et les observaient à distance. Philippe leva la tête et sursauta lorsqu'il découvrit la justicière qui barrait l'horizon. Quant à Marie Pitanguy, voyant luire dans les yeux du garçon une peur d'enfant, elle s'en réjouit. « La pauvre fille te souhaite bonne chance, mon chéri », cria-t-elle en lui jetant un baiser du bout des doigts.

Et poussée par le vent, elle s'en fut vers la ville.

*

« J'ai des ennuis.

— On s'en doutait, ma jolie. »

Aux Voyageurs, à deux heures de l'après-midi, la salle du bistrot perdait ce qui faisait son charme, la nuit. Sans doute devait-on constater qu'il manquait la fumée des cigarettes, la musique lancinante du *juke-box*, la pénombre propice aux confidences, le regard inquisiteur du Commandant, le rire de Marie-Louise et sa fausse bonhomie. Dans la journée, rue de la Soif, il fallait vraiment n'avoir nulle part où aller pour s'installer au comptoir, avec les filles mal réveillées, pas maquillées, qui, en peignoir et bigoudis, faisaient claquer leurs mules bon marché sur la sciure du parquet. Sarah, qui revenait du centre ville, posa près de Marie une bouteille de Kutex rose. Elle commença à se faire les mains. Pour consoler Marie, Sarah lui rappela qu'elle avait fait sensation.

« Tu plais », dit-elle en riant.

Elle écrasa son mégot marqué de rouge à lèvres dans un cendrier Suze et posa une seconde couche de vernis sur ses ongles. Marie avait beau l'écouter, elle entendait dans le silence du bistrot la mouette crier.

« Tu rêves ? Je te demande ce que tu veux faire plus tard ? » En plein jour, son visage las, sans fard,

81

accusait son âge. « Elle a au moins trente-huit ans », se dit Marie.

« Je veux créer ma maison de couture.

— Je ne vois pas en quoi ça te fait pleurer, dit Sarah, apitoyée par les larmes qui coulaient sur le visage de la lycéenne.

— Il ne m'aime pas, se fiche de moi, tu comprends ?

— Un homme de perdu, dix de retrouvés ! » s'écria Marie-Louise qui venait d'entrer. Et tout en prenant Marie dans ses bras, la patronne fut rassurée. Ce corps maigre secoué de sanglots, c'était celui d'une gamine qu'il s'agissait simplement de consoler.

*

A bout de fatigue, Marie rentra chez elle. Plus l'été avançait, plus son espace vital se rétrécissait. Chassée du Central, indésirable au Bon Coin, elle n'était chez elle qu'aux Voyageurs, la nuit. Mais comment tenir en attendant la fin du jour, toute l'année, tous les jours, comment supporter les heures pâles du matin, les après-midi qui n'en finissaient pas, jusqu'au soir, où, aux Voyageurs, les conversations commençaient enfin à s'animer ?

Juliette ne lui laissa pas le temps d'entrer. Se précipitant sur sa fille, elle se mit à la secouer comme un prunier.

« Mme Garnier m'a tout raconté. On m'a aussi appelée du Central. Je suis déshonorée », criat-elle, furieuse. Marie allait se résigner, comme d'habitude, quand elle vit dans la cuisine, étalée sur la toile cirée, la robe rouge de Bethsabée.

« Je vais la jeter à la poubelle », dit la mère, au comble de la rage. Elle se saisit de la robe mais Marie se précipita sur elle. Le plaisir qu'elle devait à Bethsabée, personne ne pouvait le lui voler. Il fallait faire face. Résister. Depuis le temps qu'elle subissait. Elle s'approcha de sa mère, qui recula, effrayée.

« Tu jettes mes dessins, tu voles ma robe et puis quoi encore ? » cria-t-elle et, sans attendre la réponse, elle se mit à frapper Juliette à coups redoublés.

Elle avait honte. Mais il lui fallait se livrer à la honte, entièrement. Devant elle, ce corps mou n'avait plus ni sens ni nom. Tout simplement, il faisait obstacle. Barrait la route. Toutes les routes. C'était de ce corps-là qu'elle était née. Et alors ? Il fallait pour une fois, la première, et la dernière assurément, rendre les coups du père, frapper pour les caresses mort-nées. Elle aurait tout aussi bien pu la tuer, la couturière de l'Impasse. Etait-ce ainsi que l'on devenait assassin ? Dans cette colère blanche, jusqu'à l'accomplissement ?

« Vas-tu me lâcher, monstre », hurla la mère qui appela René à son secours. Le frère surgit dans le salon d'essayages. Il resta une seconde pétrifié face aux lutteuses, bras ballants, bouche ouverte, tel un arbitre dépassé par la violence du combat, et qui, au coin du ring, aurait perdu son sifflet. Pour une fois, les protagonistes avaient changé de rôle. C'était la sœur qui attaquait, la mère qui, se protégeant le visage, tentait vainement de se défendre.

« Assez! cria-t-il, implorant, visage décomposé, assez, vous deux! »

Et il éclata en sanglots tandis que, par la fenêtre, on voyait le jour tomber. Marie se figea alors le bras levé, prenant conscience de son geste sacrilège. Juliette, à genoux, pitoyable, sa robe déchirée, restait accroupie, cheveux défaits. René s'approcha, la releva avec mille précautions, la prit dans ses bras. Il se mit à l'embrasser dans la nuque, sur le front, au coin des lèvres, partout.

« C'est fini. Je suis là maman. Fiche le camp d'ici, ou c'est moi qui vais te jeter dehors! ajouta-t-il à l'adresse de Marie.

— Tu n'es plus ma fille », murmura Juliette.

L'ai-je jamais été? songea Marie Pitanguy qui saisit au passage, sur la table, la robe de Bethsabée. René n'aurait pas dû la haïr à ce point. Il était son frère, après tout. On pardonnait bien aux assassins, auxquels leur famille trouvait toutes sortes d'excuses. Puis, elle se souvint d'Henri Pitanguy qui, même lorsqu'il rentrait de voyage, n'était jamais là pour elle et se résigna à les perdre tous à la fois.

Dans sa chambre, elle prit ses carnets à dessins, des crayons, des tubes de peinture, la robe de Bethsabée, et jeta le tout dans un sac. Quand elle fit claquer derrière elle la porte de l'appartement, elle sut que c'était la dernière fois. La gorge nouée, elle franchit le seuil de l'immeuble pour se retrouver dans l'Impasse, en liberté.

*

En attendant la nuit, propice aux fêtes qui se donnaient aux Voyageurs, Marie Pitanguy n'avait nulle part où aller. Interdite de séjour partout à Lorient, elle voulait se cacher, se terrer, le temps de reprendre la situation en main. Elle souhaitait réfléchir, se refaire une santé. Sans doute avait-elle changé en effet, cet été-là, Marie Pitanguy ? Pour finir, Philippe Garnier ne valait pas une larme. Grâce à lui, elle s'était forgé un caractère. Pourtant, il lui manquait. Quelqu'un lui manquait. La tête lui tournait. Il suffisait de passer le cap des prochaines heures, et tout irait bien. La seule issue, c'était de disparaître en attendant d'aller mieux. Et puis la lumière, soudain, lui blessait les yeux. Elle descendit dans la cave de l'immeuble à loyers modérés, sûre que là, au moins, on la laisserait en paix. La porte grinça, elle saisit la clef marquée Pitanguy, chercha l'interrupteur, mais apparemment, l'ampoule était cassée. Les jambes flageolantes, elle se dirigea à tâtons jusqu'au réduit où Juliette entassait bois et charbon pour l'hiver. Elle posa son sac sur la terre battue. Malgré le mois d'août, il faisait froid. Ses yeux s'habituant peu à peu à l'obscurité, elle huma les relents de moisissure, et se laissa peu à peu envelopper par le silence qui régnait dans son refuge. Ce n'était pas le même silence qu'en haut. Ici, sous terre, on n'avait qu'à se laisser porter dans une bulle de tranquillité. Elle vous protégeait, vous isolait de la réalité, des bruits du dehors, des projets, de l'espoir, et du malheur d'exister.

Marie Pitanguy se laissa choir sur la terre battue, hypnotisée par le calme et l'obscurité complices de sa lassitude. Elle s'endormit parmi les sacs de charbon, recroquevillée, suçant son pouce. Tel ce paquet sans cerveau, sans peur et sans plaisir qu'elle avait dû être dans le ventre de Juliette, elle entendit son cœur battre dans la pénombre.

*

A minuit, elle s'éveilla, groggy. Regarda sa montre. Elle saisit un miroir de poche et à la flamme d'une allumette s'amusa de découvrir des traces de charbon sur son visage tuméfié. *Noiraude* se moqua-t-elle, noir le vêtement, noire la figure, et plus noir encore le dessein. Chancelante, elle prit son sac de voyage, et monta les marches qui menaient vers le rez-de-chaussée. Mon Dieu, se dit-elle, qu'ai-je fait pour déranger tout le monde tout le temps ? Où se trouvait le voyageur qui, à son tour, aurait pu la consoler ? Quand elle se retrouva dehors, dans l'Impasse, elle leva la tête. L'été embrasait la nuit qui lui parut plus belle qu'elle ne l'avait imaginée. Elle se dirigea vers le port quand un bruit singulier interrompit son élan. Tac, tac, on cognait le trottoir près d'elle. Elle se retourna et vit un homme qui cheminait tant bien que mal en s'aidant d'une canne blanche. Un chien courait autour de lui, en gémissant. L'aveugle s'arrêta près de Marie Pitanguy et murmura :

« Il y a quelqu'un ?

— Voulez-vous que je vous aide, monsieur ? demanda la fuyarde.

— Vous êtes bien aimable, mademoiselle », dit l'aveugle.

Il semblait n'avoir que la peau et les os. Elle prit doucement son bras décharné et l'aida à traverser.

Quand ils furent sur le trottoir d'en face, le chien s'approcha de Marie et courut autour d'elle en jappant.

« Il va bientôt faire jour, dit le vieillard.

— Vous croyez ?

— J'en suis sûr. »

Elle le fixa une seconde ; ses lunettes noires l'impressionnaient. D'où venait-il ? Où allait-il ? Comment osait-elle se plaindre, avoir peur, quand cet homme en face d'elle ne verrait jamais la différence entre la cave des Pitanguy et les lueurs de l'aube, sur la rade ?

« Attendez ! »

Mais il s'éloigna, sa canne blanche cognant l'asphalte.

Elle se pencha, fouilla son baluchon et trouva son porte-monnaie. Elle courut vers l'aveugle. Quand elle prit son bras, il sursauta. Le chien se dressa sur ses pattes de derrière et s'accrocha, en gémissant, aux basques de Marie.

« Tenez ». Et avant que le vagabond pût comprendre ses intentions, elle jeta dans sa poche toutes ses économies.

« Dieu vous protège », dit-il.

Il ôta sa casquette pour la saluer et elle le regarda s'éloigner.

*

Sa décision était prise. Elle courut vers le port. Au bout de la jetée, elle savait trouver des marches qui descendaient à pic vers la mer. Quand le soleil se lèverait sur la rade, elle serait délivrée. L'obscurité persistait autour de l'escalier recouvert de lichens verdâtres dont la masse ondoyait dans la vague. Elle respira profondément et descendit trois marches, relevant son pantalon noir. Le chagrin cognait ses tempes comme la mer le rocher. Un fou de Bassan la survola en criant et le son déchira son tympan. A qui manquerait-elle ? Marie-Louise et le Commandant l'oublieraient avec le temps. Même privée de sa fille, la patronne survivait. Elle franchit une autre marche. Frémit lorsqu'un paquet de mer glacée s'abattit sur ses cuisses. *Exit* la rousse en noir, pensa-t-elle, soulagée. Elle n'aurait aucun geste de défense quand la mer atteindrait son front.

« Tu es folle ? »

Elle sursauta, tandis que l'eau encerclait sa taille. C'était la voix du Commandant. Avant qu'elle pût se demander ce qu'il faisait sur la jetée à une heure pareille, elle se retrouva propulsée sur un tas de filets où elle tomba le nez dans les mailles odorantes. Elle se redressa et dévisagea en silence son sauveur. Par quel hasard le patron des Voyageurs se trouvait-il, à six heures du matin, sur la jetée ?

« Tu n'es pas venue hier soir, dit-il. Je savais que tu nous mijotais quelque chose.

— J'ai froid. » Elle claquait des dents. Il la souleva comme un fétu de paille et l'emporta dans ses bras.

« Il n'est pas l'heure de se baigner, jeune fille. »

Elle le prit par le cou et ferma les yeux pour respirer contre son pull marine sa bonne odeur d'homme.

*

Cheveux mouillés, visage pâle, inerte, elle semblait mal en point la fille Pitanguy, songea le veilleur de nuit lorsqu'il la découvrit, dans les bras du Commandant, sur le seuil de la porte.

« Fais-nous du café. Vite.

— Bien, Commandant. »

Dans le bistrot désert, enchaîné sur son perchoir, le perroquet dormait. Le Commandant hésita quelques instants, vérifia sur sa montre-bracelet qu'il n'était pas encore sept heures du matin, et, se résignant à l'absence de personnel, posa son précieux fardeau sur une chaise. Le gardien s'empressa de lever le store. Un timide rayon perça à travers la vitre pour s'attarder, par chance, à leur table. Marie, se remettant peu à peu, cligna des yeux.

L'employé couvrit ses jambes d'une couverture et posant la cafetière sur la table, servit à la jeune fille le breuvage fumant. Il disparut et revint avec son poste à transistors. « Ecoutez, Marie, dit-il en posant la radio sur la table, près du pot de café, c'est ma chanson préférée. »

C'était la voix d'Edith Piaf. « *On peut bien rire de moi, je ferais n'importe quoi, si tu me le demandais... * »

« Bon, eh bien laisse-nous à présent, décréta le Corse.

— Et merci pour la chanson », ajouta Marie.

Elle saisit quelques fripes dans son sac et se

89

dirigea vers les toilettes pour passer des vêtements secs. Lorsqu'elle revint dans la salle, le perroquet entama sa première complainte de la journée. Marie s'installa en face du Commandant, surprise que la douleur pût se dissiper aussi vite. Elle ferma les yeux pour jouir d'un rayon de soleil qui dansait sur ses cheveux, s'attardait sur son front, frôlait ses joues. La tête dans les mains, le Commandant l'observait. Autour d'eux, malgré les progrès de l'aube, l'obscurité persistait. Dans l'ombre, on distinguait à peine les chaises sagement entassées sur les tables. C'était comme s'ils avaient choisi, par chance, un trou de lumière dans la nuit.

« Ça va mieux, dit-elle.

— Il ne faut jamais recommencer.

— Ne dites rien à Marie-Louise. »

Il lui versa une rasade de café. Elle but si vite qu'elle se brûla le gosier. Face à cet homme qui la dévisageait, elle se sentait intimidée. En Corse, en Italie, où, selon Marie-Louise, le Commandant avait de la famille, rencontrait-on des filles comme elle ? Rappelait-elle quelqu'un au Commandant ? Comment expliquer autrement qu'il s'intéressât à elle ? Il prit sa main par-dessus la table et sourit. Sur sa mâchoire de requin que craignaient les hommes de la rade, elle vit des fossettes se creuser.

« De toute façon, tes dessins sont bons. Marie-Louise me l'a dit. Elle s'y connaît en fanfreluches.

— Merci.

— Ne me remercie pas. J'aurais bien voulu avoir une fille comme toi. »

Elle n'avait plus peur du tout. Et froid encore

moins. Il lui tendit un vaste mouchoir à carreaux violet. Un mouchoir de campagne.

« Ne pleure pas. »

Par pudeur, il tourna la tête. Puis il ajouta, comme s'il se parlait à lui-même :

« L'enfance, ça fiche le camp moins vite qu'on croit.

— Un jour je reviendrai à Lorient, dit-elle en se mouchant.

— Ta décision est prise ?

— Oui. Le train pour Paris part bientôt. Vous m'accompagnez ?

— Laisse-moi donc la robe de Bethsabée. Marie-Louise la gardera. »

Elle se leva, et fouilla encore dans son sac de voyage que, par chance, le Commandant avait emporté. Elle tendit la robe rouge au patron des Voyageurs. « Ça sent bon, dit-il en enfouissant son visage dans la soie.

— Je reviendrai.

— Tu vas gagner. »

Elle saisit sa main par-dessus la table et ils restèrent longtemps ainsi, dans les lueurs du matin, à se regarder.

*

Le Commandant insista pour acheter lui-même le billet de première classe. Rien n'était trop bien pour elle. Il l'accompagna ensuite jusqu'au compartiment, posa le sac de la voyageuse dans le filet des bagages, acheta un sandwich et une bouteille d'eau minérale à un marchand ambulant.

Elle l'observait, tandis qu'il lui tournait le dos, occupé à comparer les mérites de deux boîtes de gâteaux secs. Sauf Marie-Louise, personne n'avait jamais été si bon avec elle. L'espace d'une seconde, elle faillit descendre du train, le prendre par la main, lui dire qu'elle voulait rentrer. Elle allait crier son nom, quand il se retourna et lui tendit les Petits Lu à travers la vitre baissée.

« Merci. Surtout, embrassez Marie-Louise.

— Compte sur moi. Elle aura du chagrin, mais sera contente de te savoir partie. »

Il fit demi-tour, et gagna la sortie, sans un regard. Elle frissonna et s'installa contre la fenêtre, à sa place. Dans quelques heures, elle serait à Paris. Elle se sentit abandonnée. Elle aurait voulu que le Commandant attendît le départ du train. Sans doute ses affaires ne souffraient-elles aucun délai. Elle ôta son cardigan, et entendit la voix de Marie-Louise qui lui avait dit, un soir, aux Voyageurs : « Ne sois pas triste, à ton âge, pense à ce qui t'attend, pas à ce que tu fuis. » Puis, elle avait expliqué que lorsqu'elle songeait à sa vie passée, elle découvrait que ce qu'elle avait pris, sur le moment, pour du malheur, se révélait, avec le recul, du bonheur évanoui. Elle prétendait — sans doute sa science se trouvait-elle ce soir-là renforcée par les effets de l'alcool — que tout le monde espérait des plaisirs à venir en regrettant ceux qui s'étaient enfuis.

« Mais alors, avait demandé Marie, dans l'instant présent, on n'est jamais heureux ?

— Le présent ? Rien que des petits malheurs, service compris. »

92

En face de Marie Pitanguy, une femme en tailleur beige, avec une blouse de soie marine, parcourait un dossier. Elle fumait une cigarette blonde, perchée au bout d'un fume-cigare en écaille. Marie baissa les yeux pour observer l'élégance des escarpins, la minceur des chevilles, les reflets des bas de soie sur la jambe polie. Sa tenue servait son charme discret. Ses cheveux mi-longs, bruns, coupés au carré, étaient retenus par une barrette sombre.

« Vous êtes belle, madame », ne put s'empêcher de murmurer la fugueuse, se doutant qu'elle avait en face d'elle une femme d'affaires, une avocate ou un médecin. Quelqu'un qui, à Paris, ou ailleurs, avait fait son chemin.

« C'est gentil. » La brune referma son dossier et sourit à Marie.

« Votre tailleur, c'est Chanel ?

— Oui, pourquoi ? » La jeune femme semblait stupéfaite qu'une fille comme Marie pût savoir ces choses-là.

« Il vous va bien. Si vous ouvriez la veste ? Le fait qu'elle soit fermée comprime un peu les hanches.

— Vous croyez ? »

La compagne de voyage de Marie Pitanguy posa son dossier et déboutonna le vêtement. Elle tenta d'observer le résultat dans la glace au-dessus des banquettes.

« Faites-moi confiance, c'est mieux ainsi.

— Si vous le dites... »

La jeune femme se replongea dans sa lecture. A part elles, le compartiment était vide. Marie leva la tête et sourit à des militaires qui lui faisaient signe avec leurs canettes de bière, dans le train arrêté sur le quai opposé. Le rapide pour Paris démarra enfin. Elle ferma les yeux pour jouir du glissement sur les rails, imperceptible en son début, mais qui signait l'instant précis, fatidique, de son départ. Depuis le temps qu'elle avait rêvé de partir ! Henri Pitanguy aimait lui aussi le vrombissement des bateaux dans la salle des machines, quand on largue les amarres.

Elle vit défiler, de plus en plus vite, les maisons de cette ville où elle était née. Elle reconnut, dominant la colline, la façade altière de la villa des Garnier. Le train commençait à prendre de la vitesse quand elle poussa un cri. Sa voisine, effrayée, abandonna sa lecture pour épier Marie. Qu'y avait-il encore ? Le Commandant, tout seul à l'extrémité du quai, se tenait debout, le bras levé dans le vide, sans voir Marie à laquelle, pourtant, il faisait signe. Il avait dû marcher loin des guichets et du kiosque à journaux pour qu'elle découvrît, après le départ du train, qu'il n'était pas de ceux qui s'enfuient. Elle cogna la vitre relevée mais le rapide doubla la silhouette furtive. Marie tourna le dos à la jeune femme en Chanel, pour lui cacher ses larmes, et saisissant son sac l'ouvrit, pour prendre un livre. Sa main buta sur une grosse enveloppe. Elle s'en saisit, la déchira d'autant plus maladroitement que les secousses de la voiture, lancée à toute allure, manquèrent lui faire perdre l'équilibre. Une liasse de billets de banque s'éparpilla à ses pieds, sur la banquette, partout. Sous le choc, elle s'assit, abasourdie. La jeune femme s'accroupit pour l'aider à ramasser sa petite fortune.

« C'est un cadeau du Commandant, dit Marie à

sa voisine qui hocha la tête, songeant qu'elle voyageait en étrange compagnie.

— Ça ne pousse pas, mes jolies ! » Le contrôleur qui surgit dans le compartiment se baissa, lui aussi, pour ramasser les billets glissés sous le siège.

« C'est à vous tout ça ? demanda-t-il à la femme en tailleur.

— Non, c'est à elle. » Puis la brune hésita un moment et reprit, à l'adresse de Marie :

« Votre père a l'air de quelqu'un de très gentil.

— C'est moi qu'il préfère.

— Je vois. »

De plus en plus perplexe, la Parisienne s'installa à sa place près de la fenêtre et se plongea dans sa lecture.

« Bon voyage ! » s'exclama l'employé de la S.N.C.F. en faisant claquer derrière lui la porte du compartiment.

Marie souriait, l'enveloppe du Commandant sur les genoux. Avec cet argent, elle pouvait tenir au moins un an.

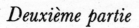

Deuxième partie

Ce deuxième vendredi de juillet, la foule, à peine contenue par un service d'ordre improvisé, se pressait aux abords du salon Régence. Des élégantes remettaient leurs cartons d'invitation aux attachées de presse de la collection Marie Pitanguy qui se tenait à quinze heures, au Plaza. Une brève cohue, due à l'arrivée tardive de celles qui devaient être placées aux premiers rangs, figeait les sourires des jeunes filles qui arboraient l'uniforme de la maison Pitanguy, dans des tonalités beige et marine. Elles étaient trois qui, penchées sur le plan dessiné à l'avance, tentaient, aussi vite que possible, de distribuer à chacune le papier sur lequel étaient inscrits son numéro de siège et son nom.

« C'est insensé, glapit une femme entre deux âges qui tenait dans ses bras un chihuahua, on ne m'a encore jamais traitée de la sorte.

— Mais madame, vous n'avez pas de carton. Je ne puis vous laisser entrer. Comprenez-moi.

— Je veux qu'on appelle Marie Pitanguy. C'est un scandale.

— Impossible, madame, Mme Pitanguy ne peut être dérangée. Désolée.

— Vous entendrez parler de moi, mon petit.

Furieuse, la femme serra si fort contre elle son chien minuscule qu'il se mit à japper, au bord d'étouffer. La malheureuse n'eut pas le temps de donner libre cours à son indignation, face à laquelle le service de presse paraissait rester de glace, car elle manqua se faire renverser par toutes celles qui, derrière elle, brandissaient victorieusement leurs cartons. « S'il vous plaît ne poussez pas, s'il vous plaît ! » répétait un groom du Plaza qui exigeait, pour laisser passer les spectatrices, qu'elles voulussent bien lui remettre à l'entrée leur papier numéroté. Dans la salle surchauffée, l'on distinguait à peine les visages connus tant le désordre régnait de chaque côté du podium. On repérait les vedettes de l'écran et de la télévision au mouvement fiévreux d'un bataillon de photographes qui, massés en un point stratégique, face au petit carré des privilégiés installés devant l'estrade, s'affairaient à prendre un maximum de clichés. La présence de la princesse Iris qui n'assistait d'habitude qu'aux collections d'Henri Vernet laissait déjà présager du succès de Marie Pitanguy. A ses côtés, quelques personnalités du Tout-Paris, rassurées de constater qu'elles se trouvaient au bon endroit, aux côtés de la princesse Iris, affectaient déjà l'air ennuyé qui s'impose en tout endroit surpeuplé. Derrière, les acheteurs, alertés par la rumeur, des femmes du monde, qui appartenaient au *jet set* international, papotaient en agitant le programme de la collection, transformé en éventail. De chaque côté du podium, les rédactrices de mode, flanquées de leurs adjointes, faisaient le bilan des tendances de la saison. On constatait partout un retour des épaules étroites, des tailles appuyées. Les jupes semblaient plus étroites que l'année précédente, les vestes moins masculines, un certain « chic » s'imposait.

« Cela évoque vaguement la fin des années cinquante », déclara Elvire Bibesca, la rédactrice en chef de *Prima Donna,* un magazine de mode qui faisait référence à Milan.

Dans les coulisses, Marie Pitanguy jeta un dernier regard sur la feuille de route de la première collection qui la voyait admise dans le cénacle de la chambre syndicale de la Haute Couture. Sa vue se brouillait. Les tempes bourdonnantes, elle accepta le verre d'eau que son adjointe, Madame Rose, lui tendit. Comme un vertige la gagnait, elle se laissa choir sur une chaise, pour contempler, son verre à la main, les robes longues, les tuniques, les boléros suspendus aux portants dans l'ordre où Charlotte et Daphné devaient les revêtir. Le passage des mannequins était minuté à la seconde près. Faute de moyens, Marie Pitanguy n'avait pu engager ces escouades de *top modèles* qui, chez Henri Vernet, par exemple, avaient largement le temps de se changer entre deux passages. Les jeunes filles maquillées, déjà habillées pour leur première apparition, chuchotaient derrière le rideau cramoisi, soulevant de temps à autre un pan de velours pour voir si la mise en place était enfin terminée.

« Tout le monde est là », dit Madame Rose, les joues empourprées. C'était son jour de gloire. Au lieu de ravir Marie Pitanguy, l'affluence, dont elle avait rêvé depuis des mois qu'elle préparait sa collection, la terrifiait à présent. Elle ne parvenait pas à imaginer son triomphe, le résultat de vingt années d'efforts. La catastrophe lui semblait inévitable. Son naufrage serait définitif, puisque « tout le monde » serait témoin de son échec.

Pour finir, ses tenues ne plairaient à personne. Les mannequins se tromperaient de modèle, ou d'accessoire. Madame Rose s'évanouirait. Avait-elle eu raison d'interdire toute musique pendant le défilé, comme le faisait Henri Vernet ? La princesse Iris supporterait-elle sans ennui les soixante-quinze passages de la collection aux numéros scandés en anglais et en français par la voix de Madame Rose ?

Quelle folle elle avait été de refuser ces airs à la mode, qui permettaient de distraire une assistance blasée, et de ranimer l'intérêt d'un public souffrant, chaque année à la même époque, d'une indigestion de haute couture. Sur la table, où s'activait encore une repasseuse, qui effaçait, à la demande, le moindre faux pli, s'entassaient les télégrammes d'encouragements et de félicitations. Le long du mur, des gerbes de fleurs que personne n'avait songé à débarrasser de leur gangue de papier s'étiolaient, asphyxiées par la chaleur et le manque d'eau. Marie Pitanguy se leva. Sous l'œil inquiet de Madame Rose, elle gagna le devant de la scène. Ecartant les rideaux, elle observa la salle le cœur battant. Au lieu de voir des amis venus l'applaudir, elle ne discerna plus qu'un parterre d'ennemis qui bientôt allaient se lever pour la siffler. Elle contempla tous ces visages tendus par l'effort pour donner de soi-même une image aussi flatteuse que possible.

Miroirs, caméras de télévision, transpirations distinguées : chacun était là, aussi, pour se montrer. Pour montrer aux autres une parcelle de ce pouvoir qu'aucun n'était sûr de posséder. Chaque défilé de couture, à Paris, ressemblait à un pugilat mondain où le Tout-Paris et les professionnels de la mode s'affrontaient avec le sourire.

Au premier rang, elle reconnut Marc Ferrier, publicitaire, romancier, homme de télévision, qui animait chaque samedi sur TV6 un jeu pour les enfants et les handicapés. A trente-sept ans, Marc Ferrier venait de publier, simultanément à Paris et à New York, son premier roman baptisé *Succès*. Son éditeur, que Marc n'avait pas choisi au hasard, et qui avait jusqu'alors la réputation de ne publier que de vrais écrivains, des auteurs difficiles, avait recouvert les murs de Paris et des principales villes de France d'une affiche géante qui vantait les mérites littéraires de Marc Ferrier. Homme de communication, le romancier savait s'imposer dans tous les médias, comme l'exigeait l'époque. Avec ses cheveux châtain clair, son costume de velours noir, sa chemise polo et son visage bronzé, il dédicaçait aux rédactrices de mode quelques exemplaires de *Succès*. Les jaloux murmuraient qu'une armée de nègres travaillaient déjà au deuxième manuscrit du jeune homme, mais Marc Ferrier se moquait du qu'en-dira-t-on. Il avait eu les honneurs de la couverture de *Time*, comme le seul écrivain français qui pût se vendre aux Etats-Unis. Cette notoriété internationale ne semblait pas impressionner ses voisines. A sa gauche, en effet, Irène Reignant, rédactrice en chef de *Narcisse*, un

103

magazine concurrent de *Femme* et de *Vogue,* papotait avec sa voisine de droite, Clémence Larange, qui faisait à Paris la pluie et le beau temps. Son mari, Jacques Larange, produisait en effet *Champions,* une émission hebdomadaire de la cinquième chaîne qui battait tous les records d'écoute. Comme tous ceux qui avaient réussi quelque exploit souhaitaient rencontrer son époux, Clémence abusait de ses pouvoirs, qui étaient grands.

Marie Pitanguy habillait Irène et Clémence, quoique les deux femmes fussent plus ou moins rivales. Entre ces deux personnes que tout le monde craignait, Marc Ferrier semblait comme un poisson dans l'eau. Il avait eu bien sûr, depuis longtemps, et le même mois, la chance d'être invité à *Champions* et de figurer en couverture de *Narcisse.*

Marie frissonna en jetant un coup d'œil de chaque côté du podium où se trouvaient assises les générales en chef de la mode, celles qui faisaient et défaisaient le succès d'une maison. Certaines arboraient des lunettes de soleil, car, aux premiers rangs, les spots éclairant le podium chauffaient comme un soleil d'Afrique. A force de tout savoir sur la longueur des jupes, le mariage des couleurs et le travail du biais, les papesses de la mode finissaient par se durcir l'expression. Sous la lumière artificielle de ces palaces, où, deux fois par an, elles assistaient aux défilés de haute couture — sans oublier ceux du prêt-à-porter, encore plus fatigants —, la tension, l'épuisement et l'attention dont elles devaient faire preuve figeaient leurs sourires. Et tels ces vieux loups de mer qui, après avoir affronté des années durant récifs et tempêtes, affichent un rictus creusé par leur victoire sur les éléments, les reines de la mode française se ressemblaient toutes avec leurs visages burinés par la maîtrise du chiffon. Pour les divas, les très grandes, le comble du chic consistait en une sorte d'ascétisme dans l'apparence, le refus de sacrifier pour elles-mêmes à cette déesse, la mode, que dans leurs jounaux pourtant, elles s'employaient à faire vénérer. Pour ces élues, pas de chichis, de manières, mais des cheveux lisses tirés vers l'arrière, en catogan, des chaussures plates, des jupes strictes, banales, sans millésime. Le visage nu, sans l'ombre d'un maquillage apparent, elles en imposaient par leur dénuement. Plus leur mise semblait austère, plus les tirages de leurs magazines étaient importants.

« Il faut commencer, madame », souffla Fabrice près de Marie Pitanguy.

Celle-ci poussa un cri de joie car elle venait de reconnaître, assis à droite de la princesse Iris, Alex Solignac qui, flanqué de ses adjoints, entamait avec sa royale voisine un conciliabule que les paparazzi s'empressèrent d'immortaliser. Il était venu. Il avait daigné se déplacer. Le patron du groupe Henri Vernet, en costume gris et cravate beige, souriait à la ronde tandis que la salle bruissait d'excitation. Si Alex Solignac s'était dérangé, que pouvait-elle espérer de plus ? Quand les flashes eurent fini de crépiter, les lumières du salon Régence diminuèrent soudain d'intensité. Dans la pénombre, le silence se fit, et les rampes de spots, braqués sur le podium, soulignèrent le visage des invités. Alex Solignac fixa avec une attention non feinte le premier mannequin qui parut, intimidée, vêtue d'un ensemble en jersey gris, pochette souple sous le bras, escarpins anthracite.

« Numéro un, *number one* », articula la voix posée de Madame Rose, amplifiée par les micros. Et les talons de Charlotte et Daphné, qui arpentaient le podium, résonnèrent dans la tête de Marie Pitanguy.

Pour finir, stimulées par les sourires du public et les bravos de la princesse Iris, les mannequins se détendirent, et retrouvèrent d'instinct le maniérisme gracieux de leur métier.

« C'est complètement nostalgique et terriblement actuel », soupira Irène Reignant, qui se tournait souvent vers son adjointe, derrière elle, pour que celle-ci prît des notes à bon escient. Un acheteur japonais commença à griffonner quelques silhouettes que son usine de Tokyo pourrait sans peine fabriquer sous son propre label. Quand le numéro cinquante-trois fut passé — une robe fluide qui évoquait irrésistiblement la grâce fragile de ces Zelda qui traversent les époques —, la salle convaincue d'avoir déniché le vrai, le nouveau talent de la saison se leva comme un seul homme pour applaudir. Le dernier passage obtint un triomphe. Clémence Larange, subjuguée, se dit qu'il faudrait signaler Marie Pitanguy et sa collection à son mari, le producteur de *Champions*. En coulisse, Marie, les yeux clos, se souvint de l'Impasse. Et comme si le souvenir des épreuves surmontées avait soudain raison de sa joie, elle ne ressentit plus que la douleur de tout ce qu'elle avait enduré. Les larmes lui vinrent enfin, et Madame Rose, son bras droit, comme Fabrice, son assistant, crurent que c'était le bonheur qui la faisait pleurer, mais ils se trompaient.

« Il faut saluer, madame, murmura Madame Rose qui, dans l'excitation générale, avait perdu la barrette stricte, en écaille, qui retenait ses cheveux gris en chignon. Elle saisit le bras de la créatrice de mode et la poussa vers son public. Et comme dans les moments extraordinairement heureux ou malheureux de l'existence, l'on perd la conscience de l'instant, Marie Pitanguy n'eut pas l'impression de marcher sur le podium, ce qu'elle fit pourtant, entourée de ses mannequins. Alex Solignac se dressa pour l'applaudir, et ses adjoints, du même coup, se levèrent aussi. Les photographes, pressentant qu'il se passait quelque chose, commencèrent à mitrailler Marie Pitanguy qui, vêtue d'une simple robe noire en jersey, avançait sous le feu des projecteurs.

Plus tard, dans les coulisses, ce fut une mêlée générale. Chaque personnalité, chaque rédactrice en chef, et même la princesse Iris, tinrent à la féliciter. Marc Ferrier, ému, lui laissa un exemplaire de son roman dédicacé pour la remercier. Irène Reignant, qui ne parlait jamais beaucoup, ne tarissait pas d'éloges. Elle ferait la Une du prochain numéro de *Narcisse* sur Marie Pitanguy, c'était une affaire entendue. Clémence Larange chuchota à l'oreille de Marie que son mari allait lui téléphoner, pour *Champions*.

Marie Pitanguy serra toutes les mains, se laissa embrasser, et appeler « ma chérie » par des personnes qu'elle connaissait à peine. On lui apporta un télégramme de Jean. « Tous ces amis, ces nouveaux venus, et Jean qui est si loin », songea-t-elle, le cœur serré.

« Je suis près de toi, même si cela ne se voit pas », disait le message. Elle tourna et retourna le papier bleu entre ses doigts...

Dans son hôtel de Tokyo, Jean devait dormir après une journée de travail épuisante.

« Vous semblez préoccupée ? » Alex Solignac, sans lui laisser le temps de répondre, la prit par le bras et l'entraîna à l'écart de la foule.

« La fatigue, sans doute.

— J'aime beaucoup ce que vous faites, Marie. »

Elle se mordit les lèvres. Depuis le temps qu'elle espérait qu'un jour il s'intéresserait à elle ! Le moment tant attendu arrivait enfin. Elle l'avait rencontré dans des dîners, des cocktails, des vernissages. Mais ce soir-là, il s'était déplacé pour elle. Et la félicitait, lui qui avait la réputation d'être avare de compliments. Pourtant, elle n'en éprouvait aucune fierté. L'absence de Jean ternissait son plaisir. Peut-être aussi la lassitude atténuait-elle sa joie. L'homme d'affaires, à présent, chuchotait à son oreille des mots plus doux encore que les promesses d'amour, quand on est une femme qui se bat depuis vingt ans pour imposer son talent. Alex affirmait que Marie devait s'associer au groupe Vernet. Il financerait la publicité, dans les magazines, assurerait la diffusion en France et à l'étranger, leur service de presse serait commun. Henri Vernet, qu'il avait bien sûr consulté, était d'accord. Elle et eux semblaient faits pour s'entendre. Elle s'imposait comme le seul vrai talent de ces dernières années. Pour discuter les termes d'un futur contrat, il lui donna rendez-vous pour déjeuner la semaine suivante, au Plaza.

« C'est dommage que nous ayons perdu tout ce temps, soupira-t-il en lâchant le bras de Marie Pitanguy car une nuée de photographes, les ayant repérés, se précipitaient vers eux.

— Dommage, en effet. »

Et tandis qu'Alex Solignac la félicitait, que les paparazzi tournaient autour d'eux, elle eut un léger vertige et se souvint de ce jour d'avril où, quinze ans plus tôt, elle avait espéré, en vain, rencontrer Alex.

*

A l'époque, elle venait de terminer ses études aux Cours Chaizeau, et souhaitait montrer à Solignac ses esquisses afin qu'il voulût bien l'engager comme stagiaire chez Vernet. Après maintes tentatives, elle avait fini par arracher à une secrétaire distraite ce rendez-vous qui pouvait décider de son destin.

Le matin même, elle mit un soin extrême à s'habiller. Comme il n'y avait pas d'eau courante dans sa chambre de bonne, boulevard Richard-Lenoir, au neuvième étage, elle devait prendre, chaque jour, sa douche dans la salle de bains commune, sur le palier. L'opération se compliqua ce jour-là par le fait que le verrou de la porte était brisé. Aussi dut-elle procéder à ses ablutions en chantant un air du Commandant pour que les importuns pussent repartir sans la déranger. Elle se maquilla à peine, jeta dans un carton ses meilleurs dessins, ceux que Mme Chaizeau, la directrice des

Cours, avait jugés excellents. Avenue Montaigne, dans l'antichambre, son carton à dessins sur les genoux, la gorge nouée, elle se répéta mille fois : « Voilà, j'y suis. C'est le siège social d'Henri Vernet. » Pour passer le temps, elle observa des heures durant les lambris du plafond. Comment pouvait-on, dans une même ville, au même moment, contempler des spectacles aussi différents ? D'un côté, celui de l'avenue Montaigne, les dorures, les miroirs, les moulures, les moquettes, les femmes élégantes aux sourires enjôleurs, de l'autre, le sien, boulevard Richard-Lenoir, les toilettes bouchées, et tout ce qu'il valait mieux oublier : la glace que, l'hiver, il fallait casser pour se laver, les ivrognes qui se battaient dans la chambre d'à côté, les fuites de gaz à l'étage, les cafards qui couraient partout dès qu'on allumait la lumière, quand on arrivait, essoufflé, par l'escalier de service. Sur les murs blêmes, les traces de doigts, le sang, la merde, la peinture écaillée.

Elle sursauta, car lui parvinrent le rire d'une femme et le bruit de talons aiguilles qui claquaient sur le parquet ancien. Elle goûtait les murmures d'une maison prestigieuse où elle rêvait de s'installer. Les employés d'Henri Vernet mesuraient-ils leur chance d'être payés pour passer là huit heures chaque jour ? Entre ces murs, en effet, l'on ne risquait rien. Face à ces tableaux de maîtres, ces bibelots, qui ornaient d'imposantes cheminées, ces lampes douces aux lumières diffuses, on ne pouvait qu'être heureux. Elle enrageait, comme jadis lorsqu'elle humait le parfum des bourgeoises qui quittaient l'Impasse, à l'idée que toutes ces beautés, à portée de sa main, pussent d'un seul coup lui être enlevées. Pour les conserver, elle eût tout donné. Sa jeunesse, son amour-propre, tout. Elle observait chaque millimètre carré de la pièce comme si celle-ci devait soudain disparaître. Comme si elle devinait qu'il lui faudrait retrouver la rue, le métro, les lourdes portes d'acier qui se refermaient exactement à la seconde où elle surgissait haletante, sur le quai bondé, et sa chambre haut perchée.

A treize heures, la prenant en pitié, la secrétaire l'informa que M. Solignac était parti déjeuner. Il rentrerait tard. Elle avait fort peu de chances de le rencontrer. La prochaine collection absorbait chaque minute de son temps. Marie garda le sourire, comme si de rien n'était. D'autres auraient fait remarquer que la courtoisie exigeait qu'on fît semblant de la recevoir, mais de naissance, Marie Pitanguy savait qu'on ne lui devait rien du tout. Que c'était à elle de mériter ce que tant d'autres recevaient sans y penser.

« J'ai tout mon temps. Je vous en prie, permettez-moi de l'attendre encore un peu.

— Comme vous voulez », dit l'employée, détaillant la visiteuse des pieds à la tête, avec une moue de mépris. Toutes les mêmes, les novices, les provinciales, les ambitieuses, devait-elle penser. Elle en voyait défiler, dans son bureau, des quémandeurs, des volontaires pour balayer, ramasser les aiguilles, porter et faire les paquets, prêts à tout pour entrer dans la première maison de couture française. Elle avait l'habitude, la secrétaire. Rien ne pouvait plus la surprendre, personne ne savait l'émouvoir.

A quinze heures, et tandis que la faim la tenaillait, Marie Pitanguy observa, par les hautes fenêtres, la foule des arpètes et des vendeuses qui, sur les trottoirs de l'avenue, quittait les terrasses des cafés pour regagner ateliers et magasins. Elle envia leurs sourires insouciants, leur liberté.

Pour subsister, depuis qu'elle avait quitté l'école, elle accomplissait de petits métiers. Gardienne de nuit, dans un hôtel. *Baby-sitter,* en banlieue. Vendeuse, dans un grand magasin. Elle avait tout essayé. L'important c'était de tenir un mois, pour toucher de quoi payer le loyer de la chambre, se nourrir vaguement de crèmes caramel, aux comptoirs des cafés.

Elle rejoignit son siège, découragée. Réinventant mille fois les formules qu'elle avait préparées, elle imagina des heures durant son entrevue avec Solignac. Quand, à dix-sept heures, la découvrant assise au même endroit, son carton à dessins sur les genoux, la secrétaire entra, elle poussa un cri : « Encore vous ? »

Marie Pitanguy se leva, comme prise en faute, et, le plus courtoisement possible, demanda à la jeune femme qui la considérait avec stupeur si au moins elle pouvait laisser son dossier, le commentaire élogieux de Mme Chaizeau (une lettre de recommandation à en-tête de l'école), quelques esquisses.

« Désolée, nous ne gardons aucun dossier. »

Au geste las de l'employée qui se saisit des dessins de Marie Pitanguy, on devinait qu'ils échoueraient sans doute, dès que Marie aurait le dos tourné, dans quelque oubliette dévolue à cet effet.

« Monsieur Solignac a tellement de travail, il faut l'excuser...

— Bien sûr. »

Comment pouvait-on en vouloir à un homme si important de lui avoir fait faux bond ? Le cœur lourd, elle se dirigea vers la sortie, et lorsque la porte de l'hôtel particulier se referma sur elle, alors seulement, se permit-elle de pleurer.

*

La première sensation qu'éprouva Marie Pitanguy le lendemain qui suivit sa collection fut celle de sa solitude. Par acquit de conscience, et avant même d'ouvrir les yeux, elle tendit le bras en travers du vaste lit pour vérifier que Jean était absent. Elle se pencha vers la table de chevet pour regarder l'heure, et sûre désormais que Jean ne pouvait être dans la chambre, dans la salle de bains, puisqu'il se trouvait à Tokyo, elle retomba, découragée, la tête dans les bras. Découvrant cette curieuse impression de manque, elle constata, amère, que le succès, comme l'échec, se doit d'être partagé. Mis à part le téléphone, qui, sur la moquette, tout près d'elle, semblait prêt à briser le silence, elle savait bien qu'elle n'avait, ce matin-là, personne à qui parler. Elle toucha furtivement la place vide à ses côtés, et fut surprise de buter contre une masse de papiers. Se dressant sur le coude, elle vit, posés en tas à la place de Jean, les journaux du matin que Pépita, la femme de ménage, avait dû poser là pour qu'elle les trouvât à son réveil. Malgré la relative obscurité de la chambre, elle reconnut sa photo qui couvrait une bonne partie de la rubrique mode du premier quotidien dont elle se saisit. Elle s'appuya contre les oreillers et lut avidement les articles du jour qui, dans les pages spécialisées, rendaient compte du défilé. Il lui fallut un certain temps pour comprendre qu'elle faisait l'unanimité. Sa première pensée fut pour Jean. Il se serait tellement réjoui du succès qu'elle venait de remporter ! S'il avait été à Paris, et s'il avait dû partir très tôt à son bureau, il lui aurait laissé un mot dans la cuisine, près du plateau du petit déjeuner. Peut-être même aurait-il rédigé une carte de félicitations qu'il aurait épinglée, en évidence, dans l'entrée ? Elle sauta hors du lit, saisit les journaux à bras le corps et se dirigea pieds nus vers le salon.

« Pépita, vous êtes là ? »

La femme de ménage devait être sortie pour faire les courses. La joie qui l'avait envahie se dissipa au fur et à mesure que ses recherches à travers les cinq pièces se révélèrent inutiles. Il n'y avait âme qui vive dans l'appartement. Pour finir, elle s'appuya contre la porte blindée, dans le couloir, pour découvrir, à la lecture d'un article élogieux, qu'elle était peut-être la « nouvelle Chanel ». Mais elle n'avait personne à qui le raconter. Les bras chargés de la presse du jour, elle se sentit fière du travail accompli, mais le cœur lourd. Elle se dirigea vers la salle de bains. Le double lavabo la rassura. Sur la tablette d'acier, la place réservée aux effets personnels de Jean semblait vide, abandonnée. Elle évita de la regarder et dans le miroir, cerné de spots métalliques, se trouva mauvaise mine, les traits tirés. Pendant qu'elle s'habillait, le téléphone ne cessa de sonner. Des amis, inconnus la veille, de nouvelles clientes, qui la tutoyaient, d'anciennes relations, qui se souvenaient de ses débuts difficiles, Mme Chaizeau, à présent impotente, qui passait sa vie dans une chaise roulante, et qui, la voix tremblée, la félicita, quelques compagnons de déroute amoureuse, ils voulaient tous se rappeler à son bon souvenir. Elle découvrait l'extraordinaire pouvoir de la presse. Toutes ses erreurs, ses lâchetés, ses errances passées, ses minuscules démissions, ses mensonges, ses fautes vis-à-vis de ceux dont elle avait croisé le chemin semblaient effacés par son succès. On l'excusait d'avoir quitté un homme sincère qui l'aimait, d'avoir négligé de répondre à la lettre d'une amie d'enfance, d'avoir omis de saluer un voisin, un matin de décembre. Les commentaires élogieux des journaux transformaient ses défauts en vertus. A la boutique, et dans les ateliers de la maison de couture Pitanguy, les commandes pleuvaient. Le *Women Wear Dayly* avait appelé et Fabrice ne savait plus où donner de la tête, sans parler des retoucheuses qui sablaient le champagne. Pour finir, habillée, maquillée, elle allait appeler un taxi quand elle décrocha une dernière fois le téléphone pour expédier un importun.

« Bonjour, Marie. C'est Philippe, Philippe Garnier. »

Elle pâlit. Se laissa choir sur le canapé, l'appareil sur les genoux. Cette voix faisait surgir l'Impasse, les dimanches du Bon Coin, la terrasse du Central, vingt ans après.

« Philippe ? Mais où es-tu ?

— J'ai vu ta photo dans le journal. Je suis de passage à Paris. »

On avait beau ne plus voir quelqu'un, on avait beau l'oublier, ne plus savoir à qui il ressemblait, sa voix effaçait brutalement les années. Les visages pouvaient se friper, se durcir, enlaidir, la voix, la voix, seule, ne changeait pas.

Philippe félicita Marie. Il reprenait le train pour Lorient le soir même. Pouvaient-ils déjeuner ensemble ? Il mourait d'envie de la revoir. Elle le pressa de questions. Que faisait-il ? Où et comment vivait-il ? Etait-il marié, père de famille ? Il refusa de répondre.

Elle décida aussitôt d'annuler un déjeuner avec les siens, à la boutique, pour donner rendez-vous à Philippe Garnier.

« Treize heures, au Paris, Hôtel Lutétia », dit-elle.

Il aimerait ce restaurant douillet, qui ressemblait au bar d'un paquebot.

Quand il raccrocha, elle rappela son bureau pour décommander le déjeuner avec son équipe.

« Nous dînerons plutôt, dit-elle à Madame Rose.

— Je suis si contente pour vous !

— Pour *nous,* vous voulez dire », répliqua gaiement Marie Pitanguy.

Ensuite, elle resta quelques instants songeuse assise, au beau milieu des journaux, sur le canapé. Jean n'avait toujours pas téléphoné.

Pour patienter, Marie s'était fait servir un Perrier citron. Elle jouait nerveusement avec ses bagues, alluma une cigarette, observant les personnes qui devisaient aux tables voisines. Un garçon posa devant elle une petite assiette dans laquelle reposait un coquillage qu'elle avala sans y penser.

« Voulez-vous la carte, madame Pitanguy ? » demanda le maître d'hôtel. Il allait entamer avec la couturière une conversation sur le temps qu'il faisait, les collections, quand elle vit, à son expression contrariée — il adorait bavarder avec elle —, que Philippe Garnier devait être arrivé. Elle leva la tête, se pencha, et vit venir vers elle un homme aux cheveux gris, la quarantaine, dans un costume froissé.

« Marie ? »

Le maître d'hôtel le détailla une seconde de trop et s'éclipsa. L'homme se pencha pour l'embrasser. Elle eut du mal à reconnaître l'éclat des yeux verts enfouis dans la chair molle. Elle se leva aussitôt et tomba dans ses bras.

« Philippe ! Comme je suis heureuse de te revoir.

— Tu as l'air en pleine forme », dit l'homme en poussant la chaise pour s'asseoir. Elle s'installa en face de lui, évitant de le regarder de trop près. Il tendit la main vers elle. Au passage elle nota les ongles rongés. On voyait la chair rougie, à vif. Philippe dénoua un foulard blanc qu'il posa sur la table. Il souriait, pourtant, elle ne pouvait détacher son regard de ces plis profonds qui accentuaient son rictus. Quelque chose en lui semblait cassé. Il avait beau plaisanter, sembler au comble de la joie de la revoir, elle devinait qu'il portait un fardeau dont il n'arrivait pas à se débarrasser. Pour faire bonne impression, Philippe s'était endimanché. Son costume, dans un tissu médiocre, constituait l'uniforme des petits-bourgeois de province. Elle l'eût trouvé émouvant s'il n'avait été taché. Elle décida de jouer le jeu et répondit gaiement à ses questions, fascinée par le contraste entre son visage d'épagneul et son exubérance forcée. Il parlait si fort qu'une femme sursauta derrière eux. Il cherchait ses mots, lui faisait des clins d'œil appuyés.

Où s'en étaient allés son aisance, sa désinvolture ? Philippe se trouvant assis face à la fenêtre, et elle à contre-jour, la lumière dure de midi soulignait l'affaissement de la chair, les poches sous les yeux du quadragénaire. Il commanda le menu dans son entier. Puis, quand le personnel se fut éloigné, il leva son verre.

« A ta réussite, Marie Pitanguy ! »

Elle se força à sourire. « C'est bon de retrouver de vieux amis », ajouta-t-il. Il se mit à rire, la tête renversée en arrière. La première bouteille fut à peine servie qu'il fallut en commander une autre. Elle n'osa intervenir, lui signaler qu'il buvait trop, qu'elle ne prenait pas d'alcool pour déjeuner. Une coupe de champagne, les bons jours, et encore. Elle se surveillait. « Tu es une vedette, dans la mode, alors ? demanda-t-il. Remarque pour moi, ça marche pas mal aussi », ajouta-t-il. Il se trouvait à Paris pour ses affaires. Un placement immobilier. Pourtant, il revenait de loin. Ses parents étaient morts quinze ans plus tôt dans un accident de voiture. Il avait hérité de l'entreprise familiale, de la villa, de la fortune des Garnier. Très vite, le divorce fut prononcé entre lui et la blonde, une idiote qu'il n'aurait jamais dû épouser. Aucun enfant n'était né. Malgré ses efforts, son sens aigu des affaires, il s'était trouvé démuni lorsque la crise frappa de plein fouet l'entreprise familiale. Heureusement, comme il y en avait là-dedans — ce disant, il toucha sa tempe droite —, malgré les commandes qui diminuaient, les chantiers qui se faisaient rares, il était parvenu, vaille que vaille, à subsister. Pourtant personne ne l'épargnait. Le fisc épluchait ses comptes, sous prétexte que son train de vie semblait suspect. Les grues, les énormes bennes, les camions-remorques avaient beau rester dans les hangars, faute de commandes, il s'était débrouillé. Pour réinvestir de l'argent frais dans l'entreprise, il avait dû se résigner à vendre la villa blanche. L'époque favorisait les concentrations, les multinationales. Le pétrole, la hausse du dollar, l'inflation faussaient les données du problème. Seuls les meilleurs survivaient. Elle leva la tête vers lui, car depuis le début de l'histoire, elle n'osait le regarder. Elle découvrit avec stupeur qu'on lui aurait donné dix ans de plus qu'à son arrivée. Les joues cramoisies par le vin, le regard fixe, les narines pincées, Philippe Garnier semblait se décomposer au fur et à mesure du repas. La chaleur du restaurant altérait ses traits, l'alcool creusait ses rides. Un rayon de soleil inopiné faisait briller tous ces cheveux blancs qu'à son arrivée, Marie n'avait qu'à peine remarqués. Elle songea à un portrait de

Francis Bacon et frissonna. Se souvint du fringant jeune homme qui sautait par-dessus la portière de sa décapotable. Lui revinrent aussi le cri des mouettes, dans la dune, et le vent du large qui les poussait tandis qu'ils avançaient, jeunes, insouciants, le long de la falaise. A l'époque, elle s'amusait à tournoyer dans la tempête, bras levés à l'horizontale, comme une toupie folle, pour le plaisir de se laisser emporter par le vent. C'était comme si Philippe s'était envolé, comme s'il n'avait rien trouvé à quoi s'agripper, et qu'il s'était mis à tourbillonner des années durant, pour retomber, exsangue, en face d'elle, à Paris, vingt ans après.

« Heureusement, les affaires reprennent », dit-il en fumant une Gitane qui lui collait aux lèvres. Chaque fois qu'il en tirait une bouffée, elle ne pouvait détacher son regard de ses ongles rongés. Il eut soudain le hoquet. Son air traqué rappelait à Marie un type qui vivait à son étage, quinze ans plus tôt, boulevard Richard-Lenoir. C'était un courtier en assurances, et il ne possédait, pour toute fortune, qu'un seul costume. Elle repassait parfois sa chemise, et reprisait ses chaussettes, parce qu'il était venu à temps une nuit où elle avait voulu en finir, avec quelques cachets. L'assureur avait appelé une ambulance, et après le lavage d'estomac, dans la salle des urgences, il lui avait tendu la main. Comme elle était trop faible pour parler, l'infirmière s'était tournée vers l'assureur pour lui demander d'un air revêche : « Vous êtes le père, le mari, le frère ou un copain ? »

Il avait paru hésiter une seconde, puis répondit : « Le frère. »

Sur la table d'examen, les bras dans des sangles, Marie Pitanguy avait aimé ce cran. Par la suite, il était venu la voir avec un bouquet, et elle avait appris plus tard que pour lui offrir des fleurs, il se privait de dîner. Et dire que nous n'avons même pas couché ensemble, se dit-elle en écrasant sa cigarette. Un garçon surgit aussitôt pour changer le cendrier.

« Houhou, Marie, tu rêves ? Je te dis que ce n'est pas vrai.

— Qu'est-ce qui n'est pas vrai ?

— Le placement immobilier. Les affaires qui reprennent.

— Tu crois que je ne m'en doutais pas ? »

Elle soupira. Philippe devait être sans travail, sans argent. La fortune familiale s'était envolée. La villa blanche, à présent, c'était comme si elle n'avait jamais existé. Et dire qu'elle croyait jadis qu'on était riche ou pauvre une fois pour toutes. Dire qu'elle rêvait, à Lanester, au paradis dans lequel Philippe vivait. Ses disques de jazz, le plaisir d'aller au théâtre, au cinéma, dans les restaurants. Les livres, les journaux, les raquettes de tennis, les mines bronzées qu'il rapportait de ses vacances à l'étranger. Un jour que Marie-Louise scrutait la main de Marie, elle lui avait dit :

« ... Une étoile au creux de la paume, quelle chance ! »

Marie Pitanguy avait cru la patronne. Selon le Commandant, Marie-Louise ne se trompait jamais sur les êtres.

« Ecoute Philippe, ça va s'arranger », dit-elle sans y croire, pour le réconforter, car elle vit avec stupeur qu'il pleurait dans son foulard blanc. Et dire que j'ai voulu me tuer pour lui, pensa-t-elle.

« Marie, excuse-moi, mais tu es dix fois mieux qu'avant », fit-il, en s'essuyant les yeux avec son foulard maculé.

Elle le remercia et songea à ses propres métamorphoses. Avec l'âge, ses traits s'étaient affinés. Ses yeux semblaient plus larges. Son menton plus ferme. Ses joues, jadis deux pastèques, s'étaient effacées. Sans qu'elle fît rien pour l'aider, son corps avait suivi ce mouvement incompréhensible. Lorsqu'elle montrait à Jean des photos d'elle, en sa jeunesse, il n'en revenait pas qu'elle eût été cette fille laide.

« Tu ne m'écoutes pas », se plaignit Philippe. Elle sursauta pour dissiper la torpeur qui la gagnait. Quatre heures de l'après-midi. La comtesse de Rhodes allait passer pour son deuxième essayage.

« Marie, file-moi du fric. Cinq briques. Pour toi, ce n'est rien. Pour moi, c'est la fortune. »

Elle baissa la tête, et prit une cigarette pour accuser le coup sans broncher.

« Hélas, Philippe, je ne peux pas. Tu sais combien coûte une collection de haute couture ?

— Alors donne-moi de quoi prendre le train ce soir. Je n'ai plus rien. Je suis lessivé. Tu entends ? LESSIVÉ ! »

Il cria si fort que le maître d'hôtel courut vers leur table.

« Avec ça, tu seras tranquille quelque temps. »

Elle se pencha, saisit son sac Chanel et en retira

une liasse de billets. Sans les compter, elle s'en défit avec un plaisir morbide.

« Philippe, Philippe ! » répéta-t-elle et elle avait envie de pleurer. Pas seulement sur lui, sur elle, mais sur l'indifférence, leurs destins croisés.

« Je te les rendrai. » Il saisit l'argent, qu'il fourra dans la poche de sa veste.

« Bien sûr. »

Il posa ses mains sur la nappe blanche, et elle vit la chair à vif, autour des ongles.

« Tu sais, Marie, si tu étais restée près de moi, je n'en serais pas là.

— S'il te plaît, tais-toi. »

Elle blêmit. Il n'avait pas le droit.

« C'est égal, reprit-il en changeant de voix, je me suis bien amusé. »

Il bégaya qu'il avait eu toutes les filles du Central.

« C'est moche », soupira Marie Pitanguy.

Pourtant, si elle avait honte d'avoir pitié de lui, elle comprenait soudain, grâce à lui, pourquoi elle se trouvait mieux, jadis, aux Voyageurs qu'au milieu des employés du Bon Coin ou des bourgeois du Central. Ce que Marie Pitanguy aimait, c'était les gens bizarres, les forces de caractère, les échecs grandioses, les réussites de l'art, toutes sortes de marginaux. Jusque dans sa chute, Philippe Garnier faisait étriqué. Seul l'alcoolisme lui conférait une sorte de folie, mais pour le reste, pas plus qu'avant, il n'avait assez d'étoffe pour inspirer autre chose que de la pitié.

« Partons, dit la couturière, j'ai rendez-vous. »

Ils traversèrent la salle déserte sous l'œil désapprobateur du personnel. Philippe titubait.

« Un autre cognac, ma jolie, demanda-t-il à la femme du vestiaire.

— Désolé, monsieur, le bar est fermé », répondit le maître d'hôtel qui venait d'arriver, l'air méfiant. Marie laissa la préposée du vestiaire poser sur ses épaules sa veste légère, puis, sans même regarder le maître d'hôtel, d'un ton sec, insista.

« Bar fermé ou pas, servez un cognac à mon invité, s'il vous plaît.

— Mais certainement, madame Pitanguy. »

Elle sourit en le voyant filer. Personne ne lui résistait pour peu qu'elle voulût assez quelque chose. N'était-ce pas cette volonté, dure comme du granit, qui, dans maintes situations difficiles, l'avait protégée ? N'était-ce pas les ressources du caractère, qui manquaient à Philippe, ou était-il victime d'une trop bonne éducation ? Elle fouilla dans son sac pour régler le digestif que le garçon tendit à Philippe. Il vida d'un trait le verre ballon. Puis, prenant le bras de Marie, vacillant, se laissa guider à l'extérieur du restaurant. Devant la porte à tambour, elle fut surprise de constater qu'il s'était mis à pleuvoir, malgré la chaleur de cette fin juillet. Elle respira à fond, offrit son visage à la pluie. La fraîcheur de l'orage dissipait son malaise. C'était bon de vivre sa vie. Philippe la serra contre lui, et face à cet homme prématurément vieilli, elle fut bouleversée.

« Rentre bien, Philippe.

— Je prends le train ce soir, gare Montparnasse. Tu viendras me voir, à Lorient ?

« — Qui sait ?

— Avec tes parents, ça s'arrange ?

— Ça s'arrangera. »

Il la prit par l'épaule car il vacillait.

« Marie, tu as eu une sacrée chance.

— Oui. »

Elle héla un taxi qui passait. Agrippé à elle, il refusait de la laisser partir. Elle finit par se dégager.

« Excuse-moi, Philippe, je dois m'en aller.

— Si tu changeais d'avis, pour les cinq briques, préviens-moi.

— Bien sûr. »

Tandis qu'elle se terrait dans la voiture, elle le regarda s'éloigner. Il ne se retourna pas. Remonta le col de son veston et disparut au carrefour Raspail, sous la pluie. Elle mit ses lunettes de soleil pour cacher les larmes qui jaillissaient. De la chance, en effet. Et au souvenir de ce jour de mai où elle avait failli tout perdre, elle cessa de pleurer.

*

Malgré son rendez-vous manqué avec Alex Solignac, Marie Pitanguy ne s'était pas découragée. A force d'errer dans Paris, de proposer ses services, elle parvint à trouver, ici ou là, quelques emplois qui la rapprochaient chaque fois davantage de cet univers de la couture avec lequel elle se sentait tant d'affinités. Animée par l'intime conviction qu'un jour ou l'autre, malgré les portes closes, ses dessins présenteraient de l'interêt, elle fut d'abord engagée près de la Bourse chez un costumier qui fabriquait pour le Lido et les Folies-Bergère, des plumes par

125

milliers. Elle parvint ensuite à se faire employer pour une bouchée de pain chez un fabricant de tissus, dans le Marais. Là, elle apprit à choisir les étoffes, à comparer les prix des coupons, à marier les couleurs. Elle échoua ensuite chez un brodeur renommé, où on lui demanda d'affermir sa technique du trait, pour une série de travaux réalisés, sur mesure, pour un grand couturier. Elle passa six mois chez un chapelier de l'avenue George-V, prenant des notes sur ce qui se faisait et qu'elle n'appréciait guère, mais découvrant ça et là, une technique, des idées. A l'époque, la mode semblait gagnée par un vent de folie. Les jupes trop courtes, ou d'une longueur ridicule, qui entravait la démarche, les couleurs criardes, les teintes violemment contrastées lui paraissaient vulgaires. Elle trouvait, à l'instar de Coco Chanel, qu'une femme n'avait pas intérêt à montrer ses genoux, et qu'une manche accentuait l'élégance du geste. Ces principes de base, tout le monde semblait les avoir oubliés.

Dans la rue, les vitrines, les magazines, c'était le règne de l'à-peu-près. Du débraillé. Toutes les femmes se ressemblaient, et l'on eût juré que la couture était une notion dépassée. Quant à l'élégance, nul n'osait plus en parler. Au souvenir des films noirs des années quarante, qu'elle voyait en cachette, à Lorient, le souffle coupé par les gestes sobres, magnifiques, de telle actrice américaine dont le feutre mou, le manteau souplement ceinturé, la jupe droite parfaite, l'émouvaient tant, Marie Pitanguy continuait, envers et contre tout, à peaufiner son idée de la mode qui ne ressemblait à rien de ce qui se faisait alors. Influencée par

Chanel, elle rêvait, elle aussi, des étoffes sèches, des coupes simplifiées, exaltant chez chaque femme ce qu'elle avait d'unique. Elle croyait au jersey, au charme durable des teintes sourdes, choisies dans des palettes restreintes, animées par des accessoires qui leur donnaient tout leur cachet. Elle chérissait en particulier le brun, le noir, le marine, le gris, avec lesquels l'on pouvait jouer à l'infini dans des dégradés qui jamais ne lassaient. Elle songeait à des coupes astucieuses, au *fini* du détail, qui donnaient au confort la priorité. De ses origines provinciales, Marie Pitanguy gardait le goût du vrai, une méfiance innée pour l'excès, les tocades de la mode, et préférait parler de « style », ce mot qu'elle préférait à tous ceux qui composaient le dictionnaire français. Finalement, elle parvint par chance, un matin de septembre, à se faire engager chez Jacques Rivère, où l'on cherchait une adjointe expérimentée pour le chef d'atelier. Madame Fernande, la patronne, dont Marie devint l'assistante, qui avait trente ans de maison, ne plaisantait ni avec les délais ni avec la discipline. Pour « décompresser », selon ses propres termes, il y avait les dimanches, et la Sainte-Catherine, où retoucheuses, vendeuses et arpètes prenaient, une fois par an, possession de la maison dont elles devenaient les reines. D'emblée, Marie Pitanguy fut chargée de veiller à la coupe, et au bâti d'une robe de mariée commandée par une cliente, la duchesse de Reyford, une Anglaise qui tenait salon à Paris. Vingt-cinq filles, sous la houlette de Marie, étaient chargées de réaliser dans les délais cette tenue somptueuse, que la duchesse avait choisie sur

La voyageuse du soir.   5.

croquis et qui devait être livrée, après six essayages, trois mois plus tard, pour le mariage princier. Si Marie voyait de temps à autre Jacques Rivère, lorsqu'il venait encourager les siens, à l'atelier, glissant un mot gentil aux brodeuses, dans le bruit des machines à piquer, elle avait peu affaire à lui. C'était Madame Fernande qui régnait. Chacune, à l'atelier, craignait ses colères légendaires, et le bruit de son trousseau de clefs, lorsqu'elle faisait le tour du propriétaire.

Madame Fernande avait pris en grippe la nouvelle venue. Marie parlait peu, et elle avait beau travailler plus vite que les autres, arriver tôt le matin, partir tard le soir, le chef d'atelier ne pouvait s'empêcher de lui faire des remarques désobligeantes. « Vous êtes chargée d'exécuter, disait-elle, et de surveiller les arpètes. On ne vous demande pas d'avoir de l'initiative, et encore moins des idées. » Plutôt que de répondre, comme elle en brûlait d'envie, Marie serrait les dents. L'humiliation semblait un prix dérisoire à payer, face au formidable pas en avant que représentait un emploi d'adjointe au chef d'atelier chez un grand couturier. N'avait-elle pas moins de trente ans ? N'avait-elle pas la vie, toute la vie devant elle ? Ses retoucheuses avaient beau ricaner, se pousser du coude quand, sur les consignes de Madame Fernande, elle leur demandait tel ou tel travail, les vendeuses avaient beau la dédaigner, la traiter de « carpette » parce qu'elle ne bronchait pas quoi qu'on lui dît, elle s'en moquait.

Apprendre, elle voulait apprendre la vie d'une

grande maison, et pour ce faire, elle eût tout supporté.

Plutôt que de regagner sa chambre de bonne, Marie se cachait aux toilettes, le soir, quand Madame Fernande avait fini sa journée. Elle sortait de son refuge pour se promener, seule, parmi les ateliers. Elle tâtait les étoffes, posées sur des mannequins aux mesures des clientes, humait les parfums des élégantes dont la fragrance persistait dans les salons d'essayages. Elle aimait le désordre des chaises vides, les tables à coudre, à couper, le coin des repasseuses, tout lui était matière à s'étonner. Elle avait enfin, après toutes ces années d'errance, le droit, le devoir de vivre là, parmi ces professionnels qui formaient la réputation d'une des meilleures maisons de Paris, donc du monde. Elle touchait les coupons, examinait les esquisses, admirait les photographies d'anciens défilés, épinglées sur des tableaux en liège, enfouissait son visage dans les tissus déjà animés de la forme qu'on allait leur insuffler.

Un soir qu'elle contemplait la fameuse robe de mariée, elle fut frappée par la laideur de la traîne. Elle savait, par expérience, que l'allure d'une robe se joue aux épaules. Des épaules ratées, et le vêtement semblait lourd, son mouvement se trouvait interrompu, avorté son effet. Elle fit le tour du mannequin de bois puis, assise sur un tabouret, elle commença, dans la fièvre, à dessiner un autre décolleté, de nouveaux empiècements. Du même coup, la traîne changeait d'allure. Elle prolongeait avec naturel le tombé de la robe. Ayant entendu Jacques Rivère se plaindre à plusieurs reprises d'une certaine lourdeur au niveau des épaules, Marie Pitanguy jubilait. C'était enfantin. Il suffisait de reprendre ici, de couper là. Sans plus ergoter, elle se mit aussitôt à l'ouvrage, guidée par une inspiration si forte qu'elle en avait du mal à respirer. Elle traça d'abord plusieurs esquisses. Aucune ne lui sembla suffisamment précise. Au fur et à mesure qu'elle dessinait, elle jetait les brouillons sur le sol. Puis, quand elle eut trouvé la ligne idéale du vêtement, elle saisit des épingles, des ciseaux et commença de tailler. Cinq heures durant, elle travailla, dans une sorte de transe. A l'aube, épuisée, elle alluma toutes les lumières de l'atelier vide, et contempla son œuvre. A elle toute seule, elle avait accompli ce qui devait occuper dix spécialistes une semaine durant. Elle passa la main sur son front couvert de sueur, et s'endormit. Quand elle s'éveilla, un rayon de soleil printanier la fit éternuer. Elle se dressa sur son siège et, les mains jointes, ne put s'empêcher d'exulter. La robe semblait animée d'une grâce qui, la veille encore, lui faisait défaut. Elle avait changé peu de chose en fait, mais en modifiant ici ou là des coutures, en supprimant les fronces, elle avait créé une forme parfaite. Il ne restait plus qu'à coudre.

Elle saisit son sac, ses gants, songeant à l'avance au plaisir de prendre une douche puis un petit déjeuner au comptoir, dans un café, avant de revenir, à neuf heures, à l'atelier.

Elle reconnut soudain le bruit des clefs qui tintaient dans la main de Madame Fernande. Le chef d'atelier ouvrit la porte et se dirigea droit vers

elle, qui contemplait la robe de mariée, métamorphosée.

« Qu'est-ce que c'est que ça ? » Dans son tailleur
pied-de-poule, avec sa blouse grise à cravate,
Madame Fernande ressemblait à une surveillante
générale en mal de délinquants à châtier.

« La robe est terminée, répondit Marie, exaltée.

— Vous l'avez massacrée, tonna le chef d'atelier
qui, faisant le tour du mannequin, pâlit. Qui vous a
autorisé à toucher à ce modèle ?

— Mais, madame, je croyais bien faire. M. Rivère et vous, hier soir...

— C'est moi qui commande ici, l'interrompit
Madame Fernande qui se laissa choir sur une
chaise, son chignon de travers. Pareil toupet, je n'ai
encore jamais vu ça de ma vie ! Et Dieu sait si j'en
ai vu, des filles de votre espèce, qui croient avoir la
science innée.

— La robe vous plaît-elle, au moins ?

— Si vous vous sentez si forte, allez donc ouvrir
votre propre maison.

— J'aime ce que je fais ici, avec vous et M. Rivère.

— Il fallait y penser avant. » Et ce disant
Madame Fernande tourna les talons.

« Si vous me renvoyez, je suis perdue », cria
Marie Pitanguy, gagnée par la panique. Elle sentit
son cœur se soulever. C'était un cauchemar, elle
allait se réveiller.

« On ne peut pas faire le bonheur des gens
malgré eux », grommela le chef d'atelier qui disparut en faisant bruire son trousseau de clefs. Trois
mois plus tard, quand Marie Pitanguy, facturière

en banlieue, assista en direct, à la télévision, au mariage de la duchesse de Reyford, elle eut du moins la satisfaction de constater que c'était bien *sa* robe qu'on avait gardée.

*

Chaque fois qu'elle voyait la plaque gravée à son nom, la devanture de la boutique et, à l'étage, les fenêtres des ateliers, Marie Pitanguy se sentait comblée. Pour toute décoration extérieure, la maison Pitanguy ne présentait aux regards que les parutions dans la presse internationale : « Vu dans *Femme* », « Vu dans *Vogue* », « Vu dans *L'Officiel* ». Marie sourit et se fraya un chemin parmi les portants où étaient suspendus les modèles du prêt-à-porter. Elle aima une fois encore la moquette gris perle, les murs laqués blanc et noir, les spots métalliques, la netteté géométrique de la boutique. Autour de Madame Rose et de Fabrice, les vendeuses firent cercle pour l'applaudir.

« Merci à vous, chers amis », dit-elle, émue. Puis elle ajouta, pour cacher son trouble : « Ce n'est pas tout, il va falloir nous remettre au travail. » Elle ôta ses gants, son chapeau, posa son foulard de soie sur un fauteuil. Madame Rose lui annonça qu'elle s'était occupée du troisième essayage de la vicomtesse de Rhodes. Marie la remercia et monta l'escalier qui menait vers les ateliers et son bureau. Chaque fois c'était la même sensation. Le bonheur en somme. Celui de rentrer chez soi, parmi ceux qui partageaient sa passion, entourée de ses créations. Pas un chagrin ne pouvait durer longtemps entre ces murs laqués blanc. Inventer, travailler, songer aux prochaines collections, c'était grisant. Plus fort que ce qu'elle avait imaginé dans l'Impasse, lorsqu'elle songeait à sa future maison.

Elle avait à présent ses ateliers, sa boutique, ses employés au nombre réglementaire pour être admise dans le cénacle de la couture. Ses modèles se vendaient, on disait qu'elle avait du talent, c'est-à-dire un style bien à elle, qu'elle travaillait chaque année davantage, en revenant toujours aux sources de son inspiration : ses années de jeunesse, dont le souvenir, s'ajoutant à l'effet que produisaient sur elle tel livre, tel tableau ou tel film de la cinémathèque, constituaient le creuset de sa création. Plutôt que de céder aux injonctions de l'époque, elle parvenait à l'exprimer sans jamais la suivre tout à fait.

Lorsqu'elle y songeait, elle n'avait besoin de personne, pas même de Jean, pour mesurer le chemin accompli. Elle gagna son bureau, une pièce située entre deux ateliers, où, sur de simples tréteaux, reposait une planche en bois blanc. Au mur, sur une plaque de liège, elle avait épinglé plusieurs photos de ses cinq collections et un portrait du Commandant.

Elle reçut le chef d'atelier, qui lui montra des étoffes. Elle signa des factures de fournisseurs que Madame Rose lui présenta en soupirant. Elle parcourut son courrier composé, en sa presque totalité, de cartons d'invitation. Des peintres, des cinéastes, des écrivains semblaient souhaiter, souvent, sa compagnie.

Elle trouvait à leur contact, au fil des conversations, et dans leurs œuvres, lorsque celles-ci faisaient écho à sa propre sensibilité, de quoi enrichir son inspiration. Pourtant, à peu de chose près — la largeur d'un col, la longueur des jupes —, comme Henri Vernet, elle se contentait de refaire éternellement la même collection. D'une saison à l'autre, ses modèles changeaient à peine. Et si le succès était venu, foudroyant, cet été-là, n'était-ce pas parce que d'une certaine façon, aux yeux des journalistes spécialisés, elle incarnait la mode, qui retrouvait, cette année-là, ses lettres de noblesse ? Jadis considérée comme frivole, et carrément nocive, la mode en général et la couture en particulier semblaient à présent portées au pinacle, et les couturiers étaient devenus des artistes. Le ministre de la Culture leur avait d'ailleurs remis les insignes de la Légion d'honneur pour rendre hommage à « cet art qui était aussi une industrie ».

Songeuse, Marie Pitanguy mit de côté le bristol la conviant au bal des Oscars, qui avait lieu à l'Opéra. A qui donc, cette année-là, serait attribué l'Oscar de la meilleure collection ? Celui du meilleur couturier français ? Elle décida de n'y plus penser. Cela ne servait à rien de rêver. Parcourant la liste de ses messages téléphoniques, elle découvrit qu'Irène Reignant, Clémence Larange et la princesse Iris l'avaient appelée tandis qu'elle s'attardait avec Philippe Garnier. Elle téléphona d'abord à Irène qui, après l'avoir félicitée une fois encore, lui demanda de mettre de côté le modèle 53 pour le grand bal des Oscars qui avait lieu, traditionnellement, à la fin des collections. Marie Pitanguy promit de faire livrer sans tarder la robe du soir dans les bureaux de *Narcisse*. Clémence, quant à elle, lui annonça que son mari, le producteur de *Champions,* allait certainement l'inviter à participer à son émission. « Il dit même que tu risques d'obtenir un Oscar », ajouta Clémence l'air gourmand. Pour finir, elle souhaitait porter une robe Pitanguy pour le bal de l'Opéra. Etait-ce trop demander à une amie ?

« Je te fais livrer demain », dit Marie.

La princesse Iris prit elle-même l'écouteur et coupa la parole à sa secrétaire pour dire à Marie tout le bien qu'elle pensait de son défilé du Plaza. Exceptionnellement, elle n'irait pas à l'Opéra habillée par Henri Vernet mais revêtue du modèle 48 de la collection Pitanguy. N'était-ce pas merveilleux, avec toutes ces caméras de télévision, ces Japonais, ces Américains, qui suivaient, dans leurs pays, en direct, la soirée des Oscars ? N'était-ce pas une chance que la princesse empruntât une robe à Marie Pitanguy ? La couturière se confondit en remerciements, nota l'adresse que lui donna la princesse et raccrocha, exténuée par tant de bienveillance. Elle soupira, défit sa ceinture, posa les pieds sur son bureau, et alluma une cigarette. Depuis le temps qu'elle travaillait, elle avait fini par trouver naturels ces emprunts auxquels recouraient les Parisiennes. L'habitude semblait si bien ancrée dans les mœurs que personne, chez les créateurs de mode, ne s'étonnait de devoir vêtir tant d'élégantes chaque soir que Dieu faisait ou presque, car, à Paris, cette année-là, les occasions de briller ne manquaient pas. Malgré le chômage, le terrorisme, la crise économique et les menaces de conflits internationaux, ou plutôt à cause de ceux-ci, des fêtes somptueuses étaient sans relâche organisées pour un quarteron d'initiés. Ceux-ci, en tenue de soirée, conversaient debout, flûtes de champagne à la main, devant des buffets somptueux, ou s'installaient, par affinité, autour de petites tables dressées l'été dans des jardins, l'hiver, dans des salons particuliers. Qui parmi ces femmes eût osé arborer deux fois de suite la même robe ? Qui eût voulu payer en monnaie trébuchante ces merveilles ? Personne sauf les princesses des émirats et autres milliardaires de Memphis, Tennessee, mais on ne les voyait pas paraître à ces fêtes restreintes grâce auxquelles Paris semblait plus que jamais Paris. Les plus avisées parmi ces emprunteuses se contentaient d'épingler les ourlets avant la soirée, afin que le modèle parût aller, pour le restituer, avec un bouquet de fleurs ou une boîte de chocolat, dès le lendemain. D'autres, dont les couturiers connaissaient le manque de délicatesse, mais face auxquelles ils se trouvaient désarmés, gardaient la robe une éternité, pour la retourner tachée, froissée, importable.

Marie écrasa sa cigarette, se leva, et fit le tour de ses ateliers, encourageant les arpètes, saluant les retoucheuses. Fabrice l'appela sur l'interphone pour lui annoncer que le secrétariat d'Alex Solignac confirmait le déjeuner du lendemain au Plaza. A moi de jouer, songea-t-elle, ravie, cette fois-ci, je le tiens. Elle jeta un bref regard sur la paume de sa main gauche, et tenta d'y découvrir l'étoile dont Marie-Louise lui avait parlé.

Puis, oubliant Philippe Garnier, l'absence de

Jean, et tout ce qui n'était pas purement et simplement sa maison de couture, Marie Pitanguy se fit un clin d'œil, dans le miroir cerclé de bois doré qui ornait une cheminée.

*

A treize heures le lendemain, Marie Pitanguy appela un taxi pour se rendre au Plaza. Assise à l'arrière de la voiture, elle se demanda pourquoi Jean n'appelait pas. Sans doute était-il très occupé à Tokyo, mais à sa place, elle aurait sûrement trouvé le temps de se manifester, d'une manière ou d'une autre. Elle soupira, et parcourut la presse qu'elle n'avait pas eu le temps de lire ce matin-là pour découvrir, non sans surprise, que dans les pages spécialisées des quotidiens, sa collection continuait à faire sensation. Dans le *Matin de Paris*, Irène Reignant, interviewée par un célèbre échotier, la comparait à Coco Chanel. « La même rigueur, le même sens des proportions, et cette intuition innée de la liberté des femmes », affirmait la patronne de *Narcisse*.

Le chauffeur lui souriait dans le rétroviseur. Elle lui rendit son sourire. Il faisait beau sur Paris. Plus que quelques jours et Jean serait rentré du Japon. Parmi tous les hommes qu'elle avait connus, Jean se distinguait. Pourquoi ? Comment ? Souvent, elle s'interrogeait, tentant de mettre un peu d'ordre dans ses sentiments. Vivre, c'était plus gai, plus facile avec lui. Et le succès que venait d'obtenir sa cinquième collection semblait exacerber son désir qu'il fût là, près d'elle. Ayant gagné à ses propres yeux son pari le plus difficile, elle éprouvait le désir furtif, quasi honteux, de n'être plus, enfin, qu'une amoureuse. L'aurait-elle aimé autant si elle avait échoué ? Mystère. Pour ne plus penser au voyageur, elle contempla, par la fenêtre de la voiture, ce Paris de juillet qui semblait trop beau pour être vrai. Elle ne pouvait détacher son regard des portails refermés sur leurs secrets, des façades altières, quoique complices, qui, en été, et au printemps aussi, devenaient roses au crépuscule, et sur lesquelles, d'une saison à l'autre, et selon l'heure de la journée, la lumière ricochait en des tons mordorés.

Elle aimait les arbres de Paris qui, chaque été, dès le début des chaleurs, déclaraient forfait avec leurs feuillages calcinés. L'automne arrivait toujours plus vite que l'on croyait. Et l'été parisien se posait comme un décor dont on savait qu'il allait changer, à peine aurait-on le dos tourné. Lorsque, traversant la Seine, elle voyait, le soir, clignoter sur chaque rive mille lumières dans la nuit, comme autant d'appels, elle jubilait. Son appétit de Paris ne manquait pas d'étonner ses amis, ses amants, ses chauffeurs de taxi.

Jean s'en amusait quand, absorbée par le spectacle du dehors, elle négligeait de lui répondre. « On dirait toujours que tu as peur de manquer », plaisantait-il.

Et alors ? pensait-elle. Jean, n'ayant connu de la vie que le bonheur et ses facilités, semblait protégé par la certitude que rien ni personne ne pouvait lui faire défaut. Il affirmait que c'était justement ce qui l'avait attiré chez elle. Le chemin accompli. Sa force. Qu'en était-il aujourd'hui ?

Boulevard Saint-Germain, l'affluence était telle que le taxi fut bloqué dans les embouteillages.

« Ils prennent nos couloirs, que voulez-vous », se plaignit le chauffeur. Son caniche blanc, le cou cerné d'un ruban pastel, se dressa en jappant pour faire corps avec l'indignation résignée de son maître. Marie Pitanguy s'impatientait en songeant qu'Alex Solignac allait l'attendre, lorsque regardant sans y penser une voiture qui, dans le sens inverse, tentait de se faufiler, elle poussa un cri.

« Arrêtez, je vous en prie.

— Vous dites ? »

Elle dévisagea l'homme qui, tout près d'elle, au volant d'une Cadillac jaune, l'œil fixé sur le feu qui se refusait à passer au vert, ressemblait comme deux gouttes d'eau au Commandant. Elle se sentit faible, soudain, quoique rassurée.

« Suivez cette voiture, et vite.

— Impossible.

— Alors arrêtez-vous, faites quelque chose, puisque je vous le dis. »

Avant que le chauffeur ait eu le temps de protester, ou d'obéir, elle ouvrit brusquement la portière, manquant se faire renverser par une moto qui surgissait, pour se retrouver debout au milieu de la chaussée, tandis que des véhicules la frôlaient. Elle se précipita vers la voiture jaune, négligeant le danger et le bruit des avertisseurs — un conducteur passa si près qu'elle sentit la tôle effleurer sa cuisse — et elle ouvrit la porte de la grosse Cadillac. Le conducteur, un homme brun aux yeux noirs avec des longs cils, comme le Commandant, des cils de bonne femme disait Marie-Louise, — lâcha son volant et fixa Marie Pitanguy croyant sa dernière heure arrivée.

« Ce n'est pas lui ! » gémit-elle. Elle se pencha vers l'inconnu et tendit la main vers son visage qu'elle caressa l'air absent, comme font les aveugles, pour se persuader qu'en effet, elle s'était trompée. Ce n'était pas le Commandant. Qu'avait-elle cru ? Serait-il venu à Paris sans l'avertir ?

« Excusez-moi monsieur », dit-elle enfin. Elle recula pour qu'il pût démarrer. Il soupira, rassuré. Avec tout ce qu'on voyait à Paris, il y avait de quoi se méfier.

« Circulez, circulez », cria soudain un agent qui se dirigeait, menaçant, vers Marie Pitanguy. Les bras ballants, elle demeurait, indécise, au milieu du boulevard, paralysant la circulation.

Le bruit des klaxons, le sifflet de l'agent, les quolibets alentour, les passants qui la montraient du doigt, sur les trottoirs, finirent par la ramener à la réalité. Dans sa voiture jaune, l'homme leva les bras au ciel en signe d'impuissance et démarra en se touchant le front, pour montrer ce qu'il pensait de son agresseur en jupons.

Le chauffeur de taxi que Marie avait abandonné s'approcha, furieux, exigeant d'être payé.

« Au Plaza », lui dit-elle soudain, en le regardant droit dans les yeux.

L'homme comprit qu'avec cette femme-là, on ne discutait pas. Il la précéda, et elle se posta à côté de lui, devant la portière, comme pour lui montrer qu'elle attendait quelque chose. Il lui ouvrit la porte, intimidé, pour qu'elle pût s'installer.

« Vite, dit-elle, je suis en retard. »

*

« Bonjour, Michel, aujourd'hui j'ai rendez-vous avec M. Solignac. » Le maître d'hôtel du Plaza sourit à Marie Pitanguy. N'était-elle pas l'une de ses plus fidèles clientes ? N'avait-elle pas ses habitudes, l'été, dans les jardins, qui, de mai à septembre, devenaient la cantine des gens de la mode ? Ne venait-elle pas de choisir le Plaza pour présenter sa dernière collection, un succès mémorable ? Mais à l'énoncé du patronyme d'Alex Solignac, son sourire s'élargit encore. Le patron du groupe Vernet faisait la pluie et le beau temps dans toutes les villes du monde qui se réclamaient de la civilisation.

« Mais certainement, M. Solignac vous attend », dit-il d'un air gourmand. Par acquit de conscience, lui qui connaissait son Gotha parisien sur le bout des doigts, se pencha sur son large registre pour vérifier qu'il n'avait pas omis de biffer le nom qui venait de résonner entre eux. Puis, il guida Marie Pitanguy vers la meilleure table du patio fleuri où se retrouvait, l'été, toute l'avenue Montaigne, qui boudait alors sa cantine hivernale, le Relais.

A l'ombre des parasols rouge et blanc, quelques couples savouraient la tranquillité du jardin que troublaient à peine le pépiement des moineaux et le bruissement des conversations. Au Régence, même les touristes parvenaient à l'élégance. Un Africain immense, en gilet de satin pourpre et pantalon bouffant, servait un mélange brésilien à la demande, flanqué d'un groom au visage poupin qui proposait diverses sortes de sucres. Dans les

141

assiettes à dessert, les petits fours aux couleurs pastel contribuaient à l'euphorie générale en exaltant par leurs teintes délicates les robes diaphanes qu'arboraient les femmes. Celles-ci, songeant à leur ligne que soulignaient davantage les tenues d'été, picoraient d'un air navré. Sur la table d'Alex Solignac, située au milieu du patio, une bouteille de Krug rafraîchissait dans un seau d'argent. Avant de s'avancer pour serrer la main de l'homme élégant qui lisait le *Financial Times,* Marie ne put s'empêcher d'admirer la prestance du président de la société Vernet. Si le couturier était devenu un mythe, à l'instar de Coco Chanel ou de Balenciaga, Solignac avait su imposer le groupe Vernet à l'échelle mondiale, aussi bien dans le domaine de la couture que dans celui, bien plus rentable, du prêt-à-porter et de la diffusion d'une griffe prestigieuse. Tandis que le public admirait les talents de l'artiste, les initiés savaient que sans Alex Solignac, qui décidait de la politique du groupe, signait les contrats avec l'étranger, choisissait les licenciés, achetait ou revendait les usines textiles, liquidait la concurrence sur les marchés extérieurs, la maison Vernet n'aurait jamais connu cette renommée qui dépassait, et de loin, le seul univers de la mode. De fait, adulé par ses pairs, respecté dans les milieux d'affaires pour son intégrité légendaire, aimé dans ceux, plus fermés, de l'art, Solignac s'était tissé, au fil des ans, un solide réseau d'amitiés. Mécène par goût personnel aussi bien que pour éviter les contraintes fiscales, il incarnait, aux yeux de certains, un autre ministre de la Culture, tout aussi influent que le vrai, et moins soumis aux aléas des changements de gouvernement.

Il se plaisait dans ce rôle d'éminence grise, personnage mystérieux, mal connu du public, et qui avait choisi de rester dans l'ombre pour mieux faire briller en lettres d'or le nom de son associé, le couturier, l'artiste, dont il servait les intérêts mais qui faisait aussi sa fortune. Les pouvoirs de Solignac semblaient exorbitants. Régnant en despote absolu sur l'une des plus grandes entreprises françaises, d'une férocité quasi perverse lorsqu'il négociait une affaire, il était l'invité de marque de toutes ces fêtes qui, de Paris à New York, perdaient, sans lui, de leur éclat. Sa présence discrète garantissait la qualité des hôtes et l'élégance des lieux. Dès qu'il surgissait, flanqué d'Ingrid, mannequin vedette avec lequel il venait de signer un contrat d'exclusivité, chacun éprouvait la sensation, délicieuse, d'approcher le roi.

« Bonjour, chère Marie, dit Solignac en se levant pour accueillir son invitée.

— Pardonnez mon retard, on circule très mal aujourd'hui. »

Vêtue d'une simple tunique marine gansée de noir, Marie savait qu'elle se trouvait au mieux de sa forme ce jour-là.

« Je vous en prie. C'est un plaisir que d'attendre une jolie femme. Prendrez-vous un peu de champagne ? »

Sans attendre sa réponse, Alex saisit la bouteille, mais un serveur l'interrompit dans son élan et tendit à Marie une coupe. Elle déplia sa serviette de table qu'elle posa sur ses genoux, et décida de prendre la vie du bon côté. Qu'importait soudain que Jean restât silencieux ? Qu'au moment même où son destin prenait un tour favorable, l'absence de Jean pesât de tout son poids ? Elle avait vécu avant Jean, et se débrouillait très bien sans lui. La vie eût été plus douce s'il avait pris sa maison de couture au sérieux, mais on ne pouvait demander à un homme d'affaires de considérer la mode comme autre chose qu'un passe-temps. Elle décida d'oublier Jean, le temps du déjeuner. Si elle savait s'y prendre, elle connaîtrait en ce jardin le miracle d'un rêve enfin réalisé. Sa maison elle l'avait, certes, mais il lui manquait une dimension internationale que seul Solignac pouvait lui assurer. De cet homme affable, qui lui souriait, dépendait sa fortune. Et si elle perdait, ce qu'à Dieu ne plaise, si elle ne savait convaincre le magnat de la mode qu'il fallait l'épauler, la financer, que risquait-elle ? Rien d'autre qu'un moment agréable avec l'un des entrepreneurs les plus intelligents de Paris. Leurs rires de bon aloi, leur dialogue courtois mais empreint de chaleur marquaient le respect qu'ils avaient l'un de l'autre. En fin de repas, conquis, Solignac leva son verre au succès de leur « mariage », selon ses propres termes.

« Bienvenue chez nous, Marie. Vous y serez, avec Henri, l'arbitre des élégances, dit-il en portant un toast à leur association.

— Comment vous dire ma gratitude ?

— En réussissant votre prochaine collection et celles qui suivront, répondit-il.

— Vous savez, je me contente de broder sur le même thème. En fait, je me répète.

— Henri aussi. Et alors ? »

Puis, sur son calepin, il nota leur prochain rendez-vous qui devait avoir lieu la semaine suivante, pour la signature du contrat. Elle avait beau réfléchir, elle ne parvenait pas à croire à la facilité déconcertante avec laquelle tout se passait comme elle l'avait espéré. Associée au groupe Vernet, elle pourrait se consacrer à la création, ils s'occuperaient du reste. De la publicité, dans les magazines. De l'implantation de sa griffe, à l'étranger. Ils géreraient ses finances. Paieraient le loyer des deux cents mètres carrés rue de l'Université. Elle garderait son indépendance. La mainmise sur ses équipes, qu'elle s'était acharnée à former de sorte que le milieu lui enviait la qualité de ses ateliers. Elle n'était pas rachetée parce qu'elle se trouvait en difficultés, au contraire, elle avait tous les pouvoirs pour négocier, puisque, simplement, elle leur plaisait. Toutes ces années où elle avait travaillé dans l'ombre trouvaient enfin leur sens. Elle eut un éblouissement tandis que Solignac couchait noir sur blanc, sur un papier, la première somme qui lui serait versée pour le montant des droits à l'étranger.

« Votre style et notre implantation commerciale feront des merveilles, vous verrez.

— Pourquoi moi ?

— Vous avez un défaut, chère Marie, vous péchez par excès de modestie. Mais cela vous passera, soyez sans crainte. »

Il souriait, ravi. En somme, il ne faisait rien d'autre qu'une bonne affaire. Vernet avait tout à gagner à intégrer la marque Pitanguy. La couturière avait des idées. Avec plus de moyens, elle pourrait vendre ses modèles comme des petits pains. Il faudrait consolider le prêt-à-porter. Puis, sans doute, exploiter des contrats de licence, lancer les produits de beauté, les parfums, des chocolats signés Marie Pitanguy. Elle créerait ensuite une gamme de linge de maison, veillerait à la décoration des palaces, dans les villes d'eau. On connaissait la chanson. Au départ, il suffirait de préciser son image de marque par une habile campagne de publicité.

Solignac savait reconnaître le tape-à-l'œil des œuvres sur lesquelles l'on pouvait miser à long terme. Il remerciait souvent le ciel d'avoir reçu en héritage le don, très utile à Paris, de savoir humer à distance chez les êtres d'apparence banale la bonne odeur du succès. Et avec le magnétisme de la Pitanguy, c'était un triomphe qu'il subodorait. Marie se taisait. Observant avec une sorte de nostalgie la minceur d'Alex, ses cheveux gris coupés très court, ses lunettes d'écaille, sa chemise taillée sur mesure, ses mains fines, élégantes, sa montre discrète, elle songeait à tout ce qui la séparait de lui.

A le voir, si sûr de lui, on devinait qu'il possédait un nom qui avait fait l'honneur de plusieurs générations, une noble propriété dans le Bordelais, un appartement en duplex dont la terrasse s'ouvrait sur le Champ-de-Mars, des journées réglées par une armée de serviteurs zélés. On ne lui connaissait pas d'aventures féminines mais dans les arts et la mode, à Paris, la plupart de ceux qui faisaient la loi n'avaient plus besoin de faire semblant d'aimer le beau sexe. Considérant qu'ils rendaient assez d'hommages aux femmes dans leurs œuvres, les maîtres de l'esthétique qui, de Milan à Paris, donnaient le ton, affichaient sans ostentation mais sans hypocrisie des amitiés qui, de particulières, n'avaient plus que le nom. Cet homme, assis en face d'elle, qui fumait un cigare, venait de faire sa fortune. Elle songea encore à cette facilité déconcertante avec laquelle, pour peu qu'on voulût y croire assez, les espoirs les plus téméraires se concrétisaient un jour.

Alex ressemblait à Jean. Question d'éducation. Pas un poil ne dépassait de cette raie impeccable qu'ils devaient tracer chaque matin au sortir de la douche. Devant la glace, ils avaient tous deux le sourire impavide de ceux qui finissent par s'habituer à voir leurs entreprises toujours couronnées de succès. Parfois, dans l'ascenseur, quand elle sortait avec Jean, le soir, elle passait la main dans les cheveux de son compagnon pour y semer un peu de désordre.

D'un geste agacé, Jean remettait la mèche en place sans même avoir à surveiller son geste dans un miroir. Comme Solignac, Jean frôlait la cinquantaine, et semblait, comme le président du groupe Vernet, dix ans plus jeune que son âge. Pour l'un et l'autre, le tennis, la course à pied, le régime sans alcool et le refus du tabac — excepté le plaisir d'un havane en fin de repas — comptaient certes pour beaucoup dans leur allure. Mais s'ils semblaient, plus que d'autres, épargnés par le passage du temps, c'était surtout parce qu'ils n'avaient jamais eu à forcer leur nature. Ils y avaient gagné de la souplesse dans le geste, et de la douceur dans l'expression. Sur leurs visages d'hommes habitués à commander, on voyait, à la place des rides qui témoignent des combats menés pour survivre, et s'imposer, une patine ajoutant à leur charme viril. De n'avoir pas eu à se battre au-delà de leurs limites, d'être nés où il fallait, quand il fallait, avait concouru à préserver leur jeunesse.

Marie posa la main sur la table et découvrit, non sans embarras, que sur son pouce, et à l'index, le vernis à ongle était écaillé. Elle cacha sa main sous la table et se maudit.

« Vous ne prenez pas de dessert ? demanda Solignac en souriant avec cet air de parfaite courtoisie qui rappelait Jean.

— Merci, il fait trop chaud. » L'envie de fumer la tenaillait. Impossible d'allumer une cigarette avec ses ongles mal soignés. Pourquoi, malgré ses efforts constants, se trouvait-elle toujours prise en défaut ? Pourquoi sentait-elle toujours suinter en elle les murs gris de l'Impasse ? Alex lui tendit l'assiette des petits fours. Le colosse noir s'approcha aussitôt et emplit leurs tasses du breuvage corsé. Elle se souvint du café du Commandant, un matin, aux Voyageurs, il y avait exactement vingt ans. Son dernier été dans l'Impasse.

« Vendredi 30 juillet à mon bureau, alors ? demanda Solignac en faisant signe au maître d'hôtel pour l'addition.

— Vendredi, quinze heures », dit-elle en le regardant droit dans les yeux.

Quelque part, à Tokyo, le sosie d'Alex, Jean Larmand, négociait une autre affaire, assis à la table d'un éventuel associé. Pensait-il à elle ? Autant se résigner : Jean lui avait expliqué qu'un jour la passion se dissolvait, heureusement, dans une affection qui permettait enfin de recommencer à vivre normalement. Etait-ce arrivé ? Elle frissonna.

« Je préparerai un protocole d'accord et vous le ferai porter. De sorte qu'ayant tout étudié, vous n'aurez plus qu'à signer les yeux fermés.

— Merci d'avance », dit-elle. Elle eut soudain envie d'être seule. La chance passait, tel un oiseau. Il suffisait donc, adulte, de tendre la main pour décrocher ce pompon qu'elle tentait vainement de saisir, enfant, sur les manèges de Lanester ? C'était toujours les garçons qui gagnaient, parce qu'ils étaient plus grands, plus forts. Elle piocha dans le sucrier le premier sucre à portée de sa main gourde, tous doigts repliés pour qu'Alex ne vît pas ses ongles au vernis écaillé. Juliette avait raison qui disait jadis à Lanester : « La classe ma fille, ça ne s'apprend pas. On l'a ou on ne l'a pas. »

« Vous avez toutes vos chances pour un Oscar, dit soudain Solignac, comme s'il avait voulu garder le meilleur pour la fin.

— Vous croyez ? » Elle rougit de plaisir.

« De toute façon, je profiterai de la soirée pour faire l'annonce officielle de votre entrée chez nous. »

Pour le grand bal à l'Opéra, Jean serait rentré de Tokyo. Il détestait les mondanités. Mais ne l'avait-elle pas accompagné, des dizaines de fois, dans ses dîners d'affaires ? S'il l'aimait, sa place n'était-elle pas près de Marie Pitanguy, à l'Opéra, ce soir-là ?

Elle avait beau faire semblant de croire qu'il changerait ses habitudes, elle savait par expérience que rares étaient les hommes qui acceptaient de jouer le rôle d'accompagnateurs. Elle décida de penser à autre chose.

« Ce sera l'une des plus belles soirées de l'année », dit Alex. En tant que président de la chambre syndicale de la couture, il était l'organisateur — avec le ministre de la Culture — de ce bal qui rendait hommage à la mode française et que retransmettaient les télévisions du monde entier.

« Vous viendrez accompagnée, j'imagine ?

— Je ne sais pas encore » ; elle s'efforça de paraître détachée.

« Si jamais vous veniez seule, faites-moi donc signe. J'aimerais que nous fassions ensemble notre entrée. »

Elle baissa la tête pour dissimuler sa joie. Le plaisir de gagner, finalement, était aussi fort, aussi puissant, dans le métier qu'en amour. Elle chassa de nouveau l'idée de Jean qui, ces derniers temps, au lieu d'ajouter à son triomphe semblait ternir sa joie. Il faudrait toujours en rester aux commencements. Elle songea soudain à une page d'un livre oublié affirmant que les sentiments, le coup de foudre, l'amour, c'était une quincaillerie de bazar, inventée par les hommes pour cacher l'obscène vérité : seuls les corps et la jubilation des corps — le plaisir qu'on avait ou pas avec quelqu'un — permettaient de s'attacher — ou pas — ce quelqu'un.

« A bientôt chère Marie. Je vous attends vendredi. »

Il se leva. Elle le suivit. Sur leur passage, les conversations s'interrompirent sous les parasols, et Marie vit non sans plaisir qu'on les regardait passer avec intérêt.

Quand il la quitta devant sa voiture — son chauffeur l'attendait — elle déclina son offre de la déposer à la boutique. Elle lui serra la main, puis, enfin seule sur l'avenue ensoleillée, avança, titubante. Et sous les feuillages des marronniers qu'elle oublia de contempler, elle esquissa soudain un pas de danse. Des passants se retournèrent pour la regarder. Elle savourait son triomphe : elle avait gagné.

*

Ce soir-là, elle invita Madame Rose, le chef d'atelier et Fabrice à dîner pour leur annoncer la nouvelle. Ils burent du champagne. Madame Rose pleura encore d'émotion, et Fabrice fit un discours émouvant quoique maladroit, mais Marie l'aimait pour ça. Il était encore tout neuf, le jeune homme, il ne se méfiait de rien et de personne. Sa fraîcheur, son dévouement lui plaisaient. La tête lourde, elle rentra chez elle, épuisée. Elle décida d'appeler Jean à Tokyo. Cela ne pouvait plus durer. Elle éprouvait le besoin de lui parler. De lui raconter Philippe Garnier, le succès de la collection et son déjeuner avec Alex. Jean effacerait d'un éclat de rire le souvenir de ce malaise qu'elle avait ressenti face à Philippe Garnier. Et lui expliquerait pourquoi, bien qu'il pensât sans cesse à elle, il n'avait guère le temps de téléphoner. Elle regarda sa montre, et sut

151

qu'au Japon, c'était l'heure du petit déjeuner. Jean devait se trouver prêt à affronter une journée chargée. Elle composa le numéro de l'hôtel Impérial, et une standardiste lui indiqua, dans un anglais parfait, le numéro de la chambre de M. Larmand.

Elle laissa retentir la sonnerie aussi longtemps que possible, puis dut se résigner. Prise d'une inspiration subite, elle se souvint que Jean commençait souvent sa journée de travail par un petit déjeuner d'affaires à son hôtel. Elle demanda à l'opératrice qu'on voulût bien lui passer le restaurant.

« Mais, madame, nous avons cinq restaurants, se plaignit l'employée.

— Commençons par le premier, alors », décréta Marie Pitanguy sans se démonter.

On lui passa la salle à manger, et au maître d'hôtel qui décrocha, elle épela le nom de Jean, exigeant qu'on voulût bien le faire demander.

« Il faudra attendre longtemps », précisa en japonais, en anglais, puis en espagnol son interlocuteur.

Tandis qu'elle fixait nerveusement sa montre, Marie songea à Philippe Garnier, qui devait être encore dans le train de Lorient. Elle perçut en même temps les bruits des conversations, le tintement des couverts, et c'était comme si le Japon eût été tout près d'elle, bien plus familier que la gare Montparnasse, tandis que seule chez elle, à minuit, elle espérait quoi au juste ? L'homme revint bredouille. Elle demanda le maître d'hôtel du deuxième restaurant. Plus il semblait difficile de joindre Jean, plus elle en éprouvait l'absolue nécessité. Quand elle en fut au quatrième réceptionniste, qui, étonné, lui précisa, en anglais, qu'il servait du poisson cru et des potages au soja à un groupe de représentants de commerce d'Osaka, elle se souvint de Juliette, qui, à Lorient, contait à ses enfants ébahis ces pays, ces ports où Henri Pitanguy faisait escale. Comme sa mère, elle en était réduite à supputer les charmes des lieux rendus magiques par la présence de l'homme qu'elle aimait, des pays, où, comme Juliette Pitanguy, elle, Marie ne mettrait sans doute jamais les pieds.

Lorsque, dans le dernier salon de l'hôtel Impérial, on lui eut signifié qu'elle perdait son temps, elle refusa d'abdiquer. A l'opératrice, qui la reconnut, et la prit pour une folle, elle laissa un message selon elle très important, pour M. Larmand, chambre 340.

« Je t'aime, répéta la standardiste dans un français laborieux. Sans signature ? Très bien madame, ce message sera porté aujourd'hui même.

— Et ne vous trompez pas de chambre ! »

Lorsqu'elle raccrocha enfin, épuisée, Marie Pitanguy songea non sans plaisir à l'effet que produiraient ces mots anonymes sur l'homme d'affaires tandis qu'interloqué, il déchiffrerait son courrier face à un interlocuteur japonais. Quand elle reposa l'écouteur, d'un seul coup, l'hôtel Impérial, les salles à manger bruyantes, l'opératrice condescendante disparurent comme s'ils n'avaient jamais existé. Le Japon de Jean était-il plus vrai, plus réel, que la gare Montparnasse où, dans la soirée sans doute, avait erré Philippe Garnier ? Où se trouvait

ce lieu précis du monde où les choses existaient ?
Pourquoi, à certains moments comme celui-ci,
avait-elle l'impression que sa vie dans son entier
n'était que fiction, chimères ?

Elle décida, faute de mieux, d'aller se coucher.
Vers deux heures du matin, ne trouvant pas le
repos, elle se leva pour téléphoner au Commandant. Par chance, ce fut lui qui décrocha aussitôt.
Malgré la distance, les années, elle l'appelait dès
qu'elle se sentait troublée. Il ne paraissait jamais
surpris d'entendre sa voix. Parce qu'elle l'admirait,
qu'il était, parmi tous ceux qu'elle avait connus, le
seul homme qui l'impressionnât, elle éprouvait
avec lui une timidité maladive. Comme toujours,
l'espace de quelques secondes, elle perdit ses
moyens, bafouilla quelques banalités. L'idée qu'un
jour le Corse pût, au détour d'une phrase, d'un mot
mal choisi, la juger, être déçu par elle, la terrorisait.
Le savait-il ?

« Tu vas bien, Princesse ? »

Il lui parlait toujours comme s'ils s'étaient
quittés la veille.

« Lisez les journaux, Commandant. »

Au fond, mis à part le Corse et Marie-Louise,
auprès de qui sur terre aimait-elle pavoiser ? Elle se
souvint du drapeau noir des pirates, sur la plage, et
sourit. Vingt ans, déjà.

« Bravo, mais ça n'est pas pour ça que tu
m'appelles à des heures pareilles ?

— J'ai le mal du pays.

— Il faudra revenir, Marie, il le faudra un jour
ou l'autre. Marie-Louise est dans les étages. On
vieillit.

— Moi aussi.

— On ne vieillit pas quand on fait ce qu'on aime. Penses-y, la gamine.

— J'aime ce que je fais mais je ne suis plus une gamine. J'ai trente-huit ans.

— Et alors?

— Eh bien voilà. Ça va, mais en même temps, ça ne va pas.

— J'avais compris. Tiens bon et reviens nous voir au pays.

— Promis, Commandant. »

Il raccrocha. Le patron des Voyageurs n'était jamais loquace. Pour rien au monde elle ne lui aurait avoué qu'il lui manquait au point qu'elle croyait le reconnaître dans Paris. Elle imagina le bar malfamé, les entraîneuses perchées sur leurs tabourets, peut-être. Elle s'endormit en se demandant si après toutes ces années, elle pourrait encore revêtir la robe rouge de Bethsabée.

*

Traditionnellement, la collection de Vernet avait lieu en dernier. Les salons de l'Intercontinental servaient d'écrin fastueux au défilé le plus couru de la saison. A onze heures ce jour-là, la foule cheminait silencieuse, quasi recueillie, le long d'un étroit couloir pour se frayer, dans la discipline et la courtoisie, un chemin jusqu'à la salle. Devant les portes, et malgré la bonne volonté de chacun, le filtrage des invités créa un certain désordre. Dans la cohue, Marie Pitanguy faillit perdre un escarpin, son foulard et un calepin. Lorsqu'un jeune homme

155

blond, de frais rasé, arborant la cravate rouge du service d'ordre, la guida jusqu'à sa chaise numérotée, Marie eut la surprise de constater qu'on l'avait placée au premier rang tout près des coulisses. De son poste d'observation, elle pouvait voir ce qui se passait avant l'entrée en scène des mannequins. A sa droite, Irène Reignant conversait avec Pierre Gustave, le coiffeur du Tout-Paris; d'après ce dernier l'on assistait, et il s'en réjouissait, au retour des cheveux longs.

« Les Françaises ne veulent plus ressembler à des petits garçons », affirmait l'homme de l'art, tandis que sa voisine prenait des notes pour *Narcisse*. Contrairement à ce qui se passait lors des autres défilés, la collection Vernet se déroulait toujours dans la sérénité.

Marie reconnut soudain Solignac qui, debout dans les coulisses, bavardait avec Ingrid, le mannequin vedette. En bras de chemise, le président du groupe Vernet joignait les gestes à la parole, et Ingrid l'écoutait, très attentive. Grâce au flair de Solignac, et au succès d'Henri Vernet, Ingrid — qui venait de quitter São Paulo — obtenait un triomphe dans les magazines de mode. Son corps sculptural, ses jambes interminables, la minceur de ses hanches semblaient avoir été créés pour exalter les lignes pures des créations d'Henri Vernet.

Les lumières s'éteignirent enfin. Alignés autour du podium, les photographes se levèrent et le silence des cathédrales envahit les salons de l'Intercontinental. C'était à une messe de l'élégance que se trouvaient conviés les invités d'Henri Vernet, sans l'ombre d'un effet sonore, n'étaient annoncés que le numéro du modèle et son nom de baptême. Solignac continuait de parler avec Ingrid dans les coulisses quand, soudain, il la poussa sur le podium.

« Numéro 1, Pirate », dit la voix monocorde d'une femme amplifiée par les haut-parleurs. Quand Ingrid parut, Marie ne put s'empêcher d'observer Solignac en coulisses. Il parlait à présent au deuxième mannequin, une blonde qu'il serrait contre lui. Tandis qu'au loin, au bout du podium, les applaudissements crépitaient pour saluer le premier passage d'Ingrid, Solignac jugea sans doute que la blonde était prête. Dès qu'elle s'éloigna, il empoigna le troisième mannequin. Chaque fois, il serrait la fille contre lui, puis la propulsait vers la lumière des projecteurs.

Quand tout le monde sut une fois encore qu'Henri Vernet avait gagné, que sa collection, cette année-là, atteignait une sorte de perfection dans l'épure, Marie sourit, ravie pour ses futurs associés. Vernet surgit enfin, timide, gauche même, et les spectateurs se levèrent pour lui rendre hommage. En coulisses, Solignac dévorait du regard la salle en délire. Tandis que les fidèles du culte, au comble de l'émotion, hurlaient leurs bravos, que les applaudissements du public le plus difficile du monde faisaient vibrer les salons rouge et or, Solignac, seul en coulisses, savourait le triomphe de son associé. Un imperceptible sourire relevait les commissures de ses lèvres. Les mannequins le bousculaient au passage pour rejoindre plus vite Henri Vernet, qui debout, face au public, s'inclinait avec modestie, tel le Saint-Père au balcon de la chapelle Sixtine.

Dans l'ombre, Solignac le couvait des yeux. Henri Vernet finit par tourner le dos à la foule en délire et se hâta vers les coulisses. Solignac, qui l'attendait, recula pour le laisser passer, et lui donna une vigoureuse claque sur l'épaule, avant de disparaître avec son ami, hors du regard de Marie Pitanguy, qui n'avait pas perdu une miette de la scène.

Et elle ne put s'empêcher d'admirer le stratège tandis que le Tout-Paris acclamait l'artiste.

*

Après la collection, comme chaque année, une grande soirée eut lieu au musée Carnavalet. En fin de repas, un castrat à la voix déchirante poussa quelques notes sublimes, et les convives, en robe longue et cravate noire, interrompirent leurs conversations, bouleversés par la voix du chanteur, revêtu d'une simple toge blanche, cheveux bouclés sous une couronne de lys. Dans une salle mitoyenne, plus intime que la précédente, Cathérine Adévari, entourée de sa petite cour, écoutait le son vibrant d'un orchestre tzigane, qui, pour elle, jouait *Les Yeux noirs*. Face à l'orchestre, une immense volière couvrait la cloison, où s'agitaient, presque en liberté, divers oiseaux bariolés. Catherine Adévari se mit à taper dans ses mains, et ses amis, dont Irène Reignant et Marc Ferrier, gagnés par son entrain, cassèrent à la russe, en fin de morceau, des verres de cristal qu'ils jetaient sur les dalles de marbre d'un air absent. Des écrivains de renom circulaient dans les deux salles, parmi les couturiers et des personnalités de la mode, et, à ce mélange subtil et très parisien, l'on voyait que la soirée promettait d'être réussie. Dans les assiettes, les macarons, les sorbets, les sabayons, ne trouvaient guère preneurs, car le Beluga, servi copieusement, et le saumon d'Ecosse, avaient calé les estomacs. Des journalistes de télévision et leurs équipes techniques se promenaient d'une table à l'autre, portant à l'épaule des appareils légers qui leur permettaient de filmer ce beau monde sur le vif. Chaque table comportait en effet quatre ou cinq personnages d'exception.

Le danseur Poriev, en grande forme, racontait à la princesse Iris sa millième version de son passage à l'Ouest, il y avait longtemps. Quant à Irène Reignant, elle se trouvait assise aux côtés d'Alex Solignac, qui faisait l'éloge de Marie Pitanguy, sans révéler ses projets avec la couturière. Marie, coincée à une table voisine entre Jacques Larange, le producteur de *Champions,* et le romancier prodige, Marc Ferrier, s'ennuyait. Ce n'était sûrement pas un hasard si on l'avait placée près de Jacques Larange. Pour passer dans son émission, la plupart de ceux qui participaient à la soirée auraient tué père et mère. Pourtant, elle savait qu'elle n'aurait pas levé le petit doigt pour plaire à ce type qu'elle trouvait fat et vulgaire. Elle refusa le champagne qu'un serveur en perruque poudrée et livrée d'époque proposait à la ronde. Le menton dans la main, elle écouta avec un plaisir feint les histoires drôles de Marc Ferrier. C'était toujours les mêmes, et

159

pour peu qu'on eût dîné une fois en sa compagnie, on n'ignorait rien de lui.

Pendant l'interminable dîner, Marie Pitanguy tenta, vainement, de reculer sa chaise tandis que Larange approchait la sienne, mine de rien. On disait que sa femme, Clémence, trahissait parfois une jalousie maladive. Avec raison, semblait-il. Larange, profitant de ce que son épouse se trouvait à une autre table, ne cessait de faire des avances à Marie Pitanguy.

« On parle beaucoup de vous, ces temps-ci, mon petit...

— Vraiment ? »

Elle le détestait. Sa face ronde, poupine. Ses petits yeux méchants. Ses doigts boudinés. Sa chemise à col cassé, qui accentuait son goître. Elle lui décocha un vague sourire, et baissa la tête pour ne plus le voir qui bouchait l'horizon.

« Cela doit être pénible, parfois, d'être célèbre comme vous l'êtes ? » demanda-t-elle en tapotant son paquet de cigarettes d'un air faussement naïf. Comment ne devinait-il pas qu'elle se moquait de lui ? Il s'enflamma soudain. Sa vie était un calvaire : il ignorait si on l'aimait pour lui ou pour passer dans son émission. Il vivait entouré d'importuns. On le courtisait comme s'il eût été le Messie en personne, ce qu'il déplorait. Pour paraître à *Champions*, ajouta-t-il l'air accablé, tous ceux qui les entouraient — et ce disant, il fit un large geste de la main en direction de la salle — étaient prêts à renier ce qu'ils avaient de plus cher au monde. Il hocha la tête, l'air triste. Il le regrettait. Si seulement, à Paris, les gens avaient eu plus de dignité.

Mais pour une minute d'antenne, un jeudi, à vingt heures trente, ils auraient ouvert la gorge du premier venu.

« Ah oui ? »

Marie réprima à peine un bâillement. Jacques Larange précisa qu'il n'était pour rien dans l'extraordinaire succès de *Champions*. Tel était le talent de son équipe, et le pouvoir de la télévision. Sans oublier sa femme, évidemment, à laquelle il devait tout. Elle dépouillait son courrier, répondait aux téléspectateurs, classait les dossiers des candidats. Sans elle, son courage, son abnégation, il n'aurait jamais pu imposer *Champions*. Marie dissimula un deuxième bâillement.

« Évidemment, Clémence a sa vie. Sa vie de femme, je veux dire. Et moi la mienne aussi bien sûr. C'est la seule manière de durer, pour un couple... »

Tu parles, menteur, songea Marie Pitanguy tout en laissant s'installer un silence pour montrer qu'elle avait compris l'allusion.

« Vous n'êtes pas comme ces arrivistes. » Il saisit avec fougue la main qu'elle retira aussitôt. « Vous êtes différente.

— Vraiment ? »

Elle pouffa. Puis décida de le provoquer, pour s'amuser. Elle recula sa chaise, et s'arrangea pour qu'il pût l'admirer qui croisait et décroisait ses jambes. Comme elle allumait une cigarette, il lui arracha le briquet des mains, au bord de l'apoplexie, car elle se penchait pour qu'il vît ses seins.

« Une jolie femme n'allume jamais sa cigarette

en ma présence », affirma-t-il en lui donnant du feu.

Immonde crétin, pensa-t-elle. Elle lui sourit, tapotant nerveusement la table tant l'envie de le gifler la démangeait. Quelque chose dans la face bovine du producteur évoquait irrésistiblement l'expression inepte de Fernand, le patron du Bon Coin.

« Nous pourrions déjeuner — ou dîner — seul à seul, murmura-t-il à l'oreille de Marie, les yeux mi-clos pour mieux examiner le profil tendu de sa voisine.

— Pourquoi pas ? »

Il fallait faire semblant. Le supporter encore quelques instants. Alex serait content.

« Vous me plaisez, continua le producteur. Vous permettez que je boive dans votre verre ? » Sans attendre la réponse de Marie, il saisit la coupe de champagne qu'il porta à ses lèvres, l'air extatique. Le salaud me voit déjà dans son lit, pensa-t-elle.

« Vous devez être excellente, à l'antenne », reprit-il très fort.

Leurs voisins interrompirent aussitôt toute conversation. Jonathan Moster — un couturier américain qui venait d'ouvrir une boutique à Paris — blêmit car il avait, en vain, espéré attirer l'attention sur lui.

« Quelle chance, Marie ! » s'exclama Marc Ferrier.

Tandis que les convives observaient Marie Pitanguy avec des sourires d'envie, des cameramen surgirent comme par miracle pour filmer la couturière qui remerciait Jacques Larange.

« C'est ma prochaine invitée », dit le producteur en montrant Marie. Les techniciens de télévision, ravis de l'aubaine, s'approchèrent pour demander à la couturière ses impressions. Dès qu'un chef d'entreprise passait à *Champions,* son chiffre d'affaires doublait dans l'année qui suivait. Soudain, gagné par l'euphorie générale, Jacques Larange murmura à l'oreille de la couturière :

« Et puis ça ne me fera pas de mal d'interviewer une vraie Française. Ils sont tous pédés ou juifs, en France, ces temps-ci...

— Espèce de minable », cria Marie en giflant Larange. Sur la joue rose de l'obèse, on voyait la marque des cinq doigts de la couturière.

« Ça alors ! » s'exclama Marc Ferrier, médusé.

Ravis, les cameramen s'éloignèrent : ils avaient filmé le soufflet de l'année. Les invités plongèrent dans leur assiette. Un murmure parcourut l'assistance. Marie Pitanguy se taisait. Ecarlate, Larange la fixait avec stupeur.

Le producteur se leva et, jetant sa serviette de table sur la nappe, s'exclama :

« Ah ! Les femmes ! »

Puis, dans un silence mortel, il rejoignit la table de son épouse, après avoir écrasé le mégot de son cigare dans une coupelle d'argent.

*

Sur son répondeur, elle trouva un message de Jean. Il pensait à elle. Il l'aimait. Elle s'endormit, rassurée. Tant pis si elle avait fait scandale, tant pis pour *Champions*. Le lendemain matin, ce fut le téléphone qui la réveilla.

« Marie ? C'est moi. Ta mère. »

Elle pâlit. Cette voix. Décidément, tout Lorient défilait depuis sa collection au Plaza. Juliette hésita quelques secondes et continua :

« Je suis fière de toi. Tu te débrouilles dans la couture, à ce que disent les journaux.

— Merci.

— Ton père et ton frère t'embrassent aussi. Tu dois être contente, j'imagine.

— Très. »

Un silence se fit. Marie se souvint de ces premières semaines après que l'argent du Commandant eut été dépensé. Elle avait appelé Juliette, pour trouver, près de sa mère, quelque réconfort. « Ne te plains pas. Tu as voulu mener ta vie à ta guise », lui avait répondu Juliette, au téléphone.

« René vient d'acheter un garage superbe. Sa femme Nicole est très courageuse. Avec ses trois gosses, ça n'est pas toujours facile.

— Excuse-moi, maman, mais on m'attend.

— Très bien », fit Juliette, vexée.

Je suis un monstre, pensa Marie Pitanguy. De cette chair, elle était née. Pourquoi ce vide en elle ? Juliette pouvait-elle recoller en une seule fois tous ces morceaux brisés qui continuaient de lui déchirer le cœur rien que d'y penser ?

« Bon, eh bien au revoir, ma grande. Viens nous voir à Lorient. On ira déjeuner au Central.

— Promis. Merci d'avoir appelé. »

Quand elle eut raccroché, Marie saisit les oreillers, des livres, le téléphone, et jeta le tout vers la fenêtre dont le carreau se brisa. Tremblante d'émotion, elle s'agenouilla pour ramasser les bouts de verre épars. Un éclat se ficha dans son talon droit. Elle se dirigea en boitant vers la salle de bains. Elle saignait abondamment. Elle pervint à stopper l'hémorragie sous le robinet d'eau froide, puis nettoya le sang qui avait rougi l'émail blanc. Et tandis qu'elle effaçait avec une éponge les traces de sang sur la moquette, pour ne pas effrayer Pépita, elle se souvint de la visite du père, à Paris, il y avait longtemps.

*

Un jour, le sous-officier s'était décidé à venir voir sa fille à Paris. Inscrite aux Cours Chaizeau, elle lui avait fait visiter une galerie minable où, par chance, quelques-uns de ses dessins étaient exposés, grâce à l'influence de la directrice de l'école, Mme Chaizeau.

« Ta mère serait fière si elle voyait ça », avait déclaré Henri Pitanguy tandis qu'il cheminait près de sa fille, dans la galerie déserte.

Puis, pour lui faire plaisir, il l'avait entraînée à la Coupole. Le serveur les avait placés côte à côte, sur la banquette. Qu'il fût venu la voir à Paris la bouleversait. Elle l'observait à la dérobée. Longs cils noirs, menton carré. Il était bel homme, le père. Il posa les mains sur la nappe en papier. Elle vit briller la chevalière en or.

« Ta mère va bien. Ton frère aussi. »

Ta mère va bien. *Ta mère* sera fière. Ne pouvait-il, une seule fois, parler de lui ? Mais Juliette le surveillait à distance. Entre eux, elle surgissait au moindre silence, son visage tarissait leurs confidences. Le passé gelait les mots sur leurs lèvres. Pourrait-elle un jour, une heure, une minute seulement, prendre entre ses mains la belle tête de son père, la frotter contre la sienne, ouvrir de force, de ses doigts gourds, ses paupières closes, et murmurer tout près de son visage :

« Réveille-toi papa. Je ne suis pas une garce, la honte de la famille. Je suis ta fille. »

Elle haussa les épaules. Le plateau de crustacés, entre eux, évoquait celui du Bon Coin. Elle frissonna au souvenir de ses dimanches d'alors, quand les hommes tombaient la veste pour chanter après le pousse-café. Son père lui avait tant fait défaut alors, ce n'était pas aujourd'hui qu'il allait lui manquer.

« Tu lui diras que je vais bien. Embrasse aussi René. »

Elle faillit se confier davantage mais se retint. N'entendait-il pas tout avec les oreilles de sa femme ? Si bien qu'elle lui aurait déplu, forcément. Comment dire à Juliette ce qu'elle faisait à Paris, depuis sa fuite, pour manger à sa faim ? L'argent du Commandant, s'il lui avait permis de tenir la première année, s'était vite envolé. Comment avouer au père qu'elle plaisait à des hommes qui l'invitaient à dîner ? Ils avaient le mérite de lui éviter, les soirs de déprime, l'interminable file d'attente du restaurant universitaire, les tables graisseuses, les frites froides, les verres mal lavés.

166

Pour un bouquet de fleurs sur une nappe blanche, elle leur faisait croire tout ce qu'ils voulaient. Ensuite, l'estomac rempli, sous prétexte qu'elle avait soudain un malaise, elle filait à l'anglaise. Ils la haïssaient sans doute, pour l'argent dépensé.

« Ce que ta mère et moi t'envoyons tous les mois ne suffit pas ? » demanda le sous-officier comme si, face au visage maigre de sa fille, il avait deviné ses pensées.

Depuis peu en effet, le père postait chaque mois un chèque dans les diverses chambres de bonne où Marie Pitanguy trouvait refuge. Elle avait écrit pour le remercier.

« Bien sûr que si. »

L'argent du père suffisait du moins à payer le loyer.

« Que veux-tu faire après les Cours Chaizeau ?
— Fonder ma maison de couture.
— Ah ? »

Il fixa le plafond, gêné. Juliette avait mille fois raison. Toujours les mêmes rêves de grandeur.

« Tu n'es pas mauvaise fille, au fond », dit-il comme pour s'en persuader. Après un bref silence, il poursuivit :

« Mais comme tu le sais, ta mère et moi avons eu moins de problèmes avec René. »

Moins de problèmes en effet. René était son contraire. Un enfant normal. Un fils docile. Leur réconfort. Elle n'avait rien voulu accepter des usages de la ville, des habitudes de l'époque, elle avait refusé les lois qui gouvernaient l'enfance, l'éducation des filles, et s'était rebellée contre tous les chemins tracés. Elle avait tout refusé, en bloc, sans faire de détail, comme elle vomissait, dès la table quittée, les poireaux vinaigrette que Juliette l'obligeait à avaler.

« Ne parlons plus du passé, veux-tu, dit-elle la gorge nouée.

— Comme tu veux, ma grande. »

Ma grande. Henri Pitanguy n'employait ce mot d'affection qu'avec parcimonie. C'était un mot du dimanche, un mot qui sentait la naphtaline. Elle aurait tant voulu être vraiment sa grande. Aurait-elle quitté l'Impasse si elle avait été sa grande ? Aurait-elle passé ses nuits aux Voyageurs, si elle avait su qu'elle était sa grande ? A quoi tenait un destin ? A presque rien. Un mot qui vous manquait. Elle regarda son père avec tendresse. S'il lui avait toujours préféré Juliette, il était excusable. Son amour pour la couturière n'avait jamais faibli. Et elle avait vu, aux Voyageurs, avec les filles, et à Paris, déjà, fleurir tant de médiocres amours, entendu tant de promesses parjures, qu'elle admirait cet amour-là, amour qui dans le même mouvement lui avait donné la vie et refusé la tendresse.

Au dessert, elle se pencha pour poser la tête sur l'épaule d'Henri Pitanguy, pressentant que la vie serait plus douce si elle pouvait, ne fût-ce qu'une fois, rien qu'une fois, oser avec cet homme-là un geste d'intimité. Elle y arrivait bien, avec le Commandant, jadis, pourquoi pas avec le sous-officier ? Mais comme elle l'avait pressenti, elle n'y parvint pas. Il aurait fallu d'autres conversations en tête à tête pour dénouer ces fils invisibles qui les tenaient prisonniers. Ils étaient pourtant du même bois. En eux, le même désir de larguer les amarres, le même mépris des galons. Il devina le mouvement avorté de sa fille et se pencha vers elle, pour l'aider. Mais lui non plus n'y parvint pas. Ils restèrent ainsi longtemps, assis côte à côte, gauches, se touchant à peine, tandis que l'obscurité gagnait la salle désertée.

*

En arrivant à la boutique, elle découvrit, sur son bureau, une somptueuse gerbe de fleurs et en trois exemplaires, le protocole d'accord que lui avait envoyé Alex Solignac. Elle posa les feuilles à plat sur la table à tréteaux et les parcourut une à une, plusieurs fois, pour le plaisir de voir sur chacune d'entre elles, en bas et à gauche, le double paraphe d'Alex et d'Henri Vernet. Il ne lui restait plus qu'à apposer sa signature et après avoir été toute sa vie une aventurière, elle deviendrait enfin une femme riche.

Elle ouvrit le réfrigérateur de son bureau et se versa un whisky, bien qu'il fût seulement onze heures du matin. L'appel de Juliette, le contrat, lui avaient coupé les jambes pour des raisons diamétralement opposées. Toutes ces années d'effort, le sacrifice de sa vie privée se trouvaient justifiés. D'ici quelques mois elle gagnerait plus d'argent que Jean. Non que l'argent, pour Marie Pitanguy, eût une telle importance, elle faisait passer loin devant le plaisir de vivre comme elle l'entendait, mais en ayant manqué jadis, elle savait lui accorder sa place.

Elle fit appeler un ami avocat pour qu'il voulût

bien étudier l'accord préalable avant qu'elle le signât. L'expérience l'avait rendue prudente, et elle ne négligeait aucune précaution pour sauvegarder ses acquis. Dans tous les domaines, elle aimait le professionnalisme et trouvait que l'amateurisme trahissait pis qu'un défaut : une faute de goût. Prise d'une inspiration subite, tout à la joie d'avoir reçu les fleurs et le contrat, elle convoqua ensuite Madame Rose, Fabrice, et tout le personnel de la maison pour annoncer qu'elle était sur le point de signer un protocole d'accord. Madame Rose et Fabrice, très émus, vinrent l'embrasser. Fini les factures non payées, les fabricants de tissus mécontents, les traites qu'il fallait tant bien que mal honorer. Madame Rose voyait déjà les vitrines de « Bonwitt and Teller » et de « Bloomingdale » envahies de modèles signés Pitanguy. On allait montrer aux Américaines ce qu'était l'élégance à la française.

« Vous vous rappelez, madame, la première fois que nous nous sommes parlé, sur le seuil de la porte, dans votre boutique de Deauville ?

— Vous pensez, si je m'en souviens ! » Marie serra contre elle son adjointe, qu'elle aimait beaucoup. Elle se souvenait aussi de l'achat de la boutique, grâce à l'argent de Marie-Louise.

*

Après qu'elle eut été renvoyée de chez Rivère, Marie avait sonné à toutes les portes pour se faire engager. Dior, Ricci, Cardin, Courrèges, personne ne semblait avoir besoin d'une première d'atelier

170

qui n'avait pu rester plus de trois mois chez Jacques Rivère. Elle avait alors téléphoné à Marie-Louise pour lui annoncer son prochain retour à Lorient. Elle n'en pouvait plus. Pour subsister, elle était facturière.

Trois jours plus tard, tandis qu'elle ruminait son désespoir en tapant, à toute vitesse, des bordereaux de livraison pour l'entreprise, sise à Choisy, « Quand va le tapis, tout va », elle entendit des cris dans l'entrée. Elle se leva, le cœur battant, reconnaissant la voix de Marie-Louise. Mon Dieu, se dit-elle, en courant vers la porte, mon Dieu, elle est venue, merci.

« Pas de visite pendant les heures de bureau répétait, inflexible, la réceptionniste, qui tentait de pousser l'intruse vers la sortie. Surtout que Marie Pitanguy est intérimaire, alors raison de plus.

— Salope », cria Marie-Louise.

D'une pichenette, elle poussa la fille contre le mur. Marie se jeta dans ses bras. Alors qu'elles s'en allaient, le patron surgit.

« Abandon de poste, vous êtes renvoyée, hurla-t-il en postillonnant, rouge de colère.

— Vous savez où vous pouvez les mettre, vos tapis ? » ricana Marie-Louise en serrant le large cabas qu'elle portait en bandoulière.

C'est le sac qu'elle avait à Lorient, songea Marie, bouleversée.

« Saboteuses ! cria le patron en claquant la porte derrière elles.

— Saboteuses ? Pas mal trouvé, dit Marie-Louise ; puis regardant Marie elle ajouta : — Zut, tu as oublié ton sac.

— Il n'y avait rien dedans. Trois tickets de métro et des cigarettes. Pas de clefs non plus car ma chambre ne ferme pas. Tu verras, ça n'est pas gai sous les toits.

— On verra ça plus tard. Allez, je t'invite à déjeuner. »

Sur le trottoir, elles levèrent la tête vers les étages. Aux fenêtres, les employés les montraient du doigt. Le patron, ulcéré, mains sur les hanches, se tenait au milieu de son équipe.

Marie-Louise se posta au milieu de la chaussée et fit un bras d'honneur à cette belle assemblée.

*

Elles déjeunèrent dans un bar-tabac près de Pigalle, car Marie-Louise voulait voir la façade des Cours Chaizeau où sa protégée avait fait ses classes, quelques années plus tôt.

« Pas comme ça, la cigarette, plus haut, plus droit. Et moins tiré, le chignon », dit-elle à une fille qui arpentait le macadam dans l'attente du client. La fille se mit à rire et leur tourna le dos dans sa minijupe de cuir qui laissait voir de belles cuisses.

Marie-Louise n'avait pas changé. Sa silhouette noire, ses bas résille produisaient toujours leur effet. Partout où elle passait, personne n'aurait osé lui marcher sur les pieds. Elles errèrent ensuite, tout l'après-midi, vers la gare Saint-Lazare dans divers bistrots, où elles faisaient escale, le temps de boire un verre, elles avaient tant de choses à se dire. Marie-Louise lui raconta ses problèmes. On ne pouvait baisser les bras devant la menace que

172

constituait le vieillissement des filles les plus douées pour le métier. Assurer la relève : tel avait été, ces dernières années, le souci de la patronne qui avait écumé les ruelles du port, et les bars à marins, pour y dénicher les benjamines qui pourraient un jour en remontrer aux chalands des Voyageurs. Sarah et Bethsabée, si elles continuaient à monter pour ceux qui l'exigeaient, avaient été promues au rang d'adjointes, car Marie-Louise se consacrait à la formation des nouvelles venues.

« Allez, on va chez toi », décréta la patronne en se levant avec peine de la banquette où toutes deux s'étaient laissées choir pour un dernier calvados.

A cinq heures, le bistrot était désert. Au comptoir, un homme corpulent, cheveux noirs graisseux, s'activait à nettoyer la machine à café. En salle, deux garçons en blouse de cuir secouaient le *flipper*, tandis qu'un serveur à la veste douteuse balayait le sol sans conviction. A la caisse, une blonde trop maquillée observait les deux femmes qui ne lui disaient rien qui vaille.

« Gaffe, dit-elle à l'homme en bras de chemise, elles sont pintées.

— Marie-Louise, je veux rentrer à Lorient. » Marie pleurait, affalée sur la table en formica.

« Avant de partir, regarde un peu ça », dit la patronne en caressant les cheveux roux de Marie Pitanguy. Elle ouvrit son cabas et posa sur la table un paquet enveloppé dans du papier journal. Marie, dégrisée, se releva et jeta vers la patronne un regard interrogateur.

« Qu'est-ce que c'est que ça ?

— Ouvre donc, on causera après. »

Le garçon posa son balai, et se croisa les bras. L'homme au comptoir s'approcha de la caissière pour mieux voir la scène. Du coup, les garçons interrompirent leur partie de *flipper*. Un silence religieux s'établit. Marie-Louise se leva, et très théâtrale, défit, en ménageant son effet, la corde grossière qui retenait le colis.

Au beau milieu du papier journal, Marie Pitanguy découvrit des liasses de billets de banque.

« Ça alors ! fit la caissière subjuguée.

— La vache ! soupira le serveur, reprenant son balai, l'air rêveur, elles ont gagné au tiercé.

— Et dire qu'on se demande où va l'argent des honnêtes gens, siffla le patron, derrière son comptoir.

— C'est à toi. Pour acheter une boutique. Le stock. L'étoffe. Et tu pourras même engager une vendeuse, dit Marie-Louise.

— Mais tu es folle. Je ne peux pas accepter ! »

Marie sauta au cou de la patronne.

« Ce sont mes économies et celles du Commandant.

— Raison de plus pour garder cet argent, dit Marie, qui ne pouvait détacher son regard de ce trésor...

— Prends ce que je te donne sans faire de chichis », dit soudain la patronne. Et Marie vit à sa tête qu'il ne ferait pas bon continuer à discuter.

« Garçon, au lieu de bayer aux corneilles, apportez donc une bouteille de champagne. Et que ça saute ! » cria Marie-Louise.

Elle tendit un billet vers la caissière et ajouta :

« Payez-vous et ne me volez pas sur la monnaie,

c'est l'argent de la première boutique de Marie Pitanguy. Retenez bien ce nom. Vous en entendrez parler.

— Laisse tomber, Micheline elle est timbrée », dit le patron à la caissière qui sentait la moutarde lui monter au nez.

Plus tard, rue du Faubourg-Saint-Denis, les deux femmes — portant chacune une poignée du cabas — cheminèrent vers une station de métro.

« Tu sais, Marie-Louise, on m'a parlé d'un pas-de-porte à Deauville. Une bouchée de pain. Et bien placé, tout près du casino.

— Eh bien voilà ! dit Marie-Louise. Tu vois que tu finis par devenir raisonnable ! »

Marie l'embrassa.

« Je te le rendrai, Marie-Louise, promis.

— De toute façon, c'est un investissement. Alors, en route, mauvaise troupe ! »

La fille qu'elles avaient croisée en début d'après-midi se trouvait toujours là, balançant son sac en faux lézard, devant la vitrine d'un *sex-shop*.

« Quand tu auras ta maison de couture, tu reviendras à Lorient, dit Marie-Louise. On fera une grande fête, et tu remettras ta robe rouge, tu te souviens, la robe de Bethsabée.

— Chiche ! » dit Marie Pitanguy.

*

Peu avant le retour de Jean, Marie Pitanguy fila en taxi, de bon matin vers le studio Boulainvilliers, où avait lieu une prise de vues pour *Narcisse*. La princesse Iris en était la vedette, qui devait poser revêtue, pour l'occasion, des plus beaux modèles de la dernière collection Pitanguy. Dans la loge, où l'on donnait une dernière main au maquillage de la princesse, Marie salua les rédactrices de mode, l'attachée de presse d'Iris, les maquilleurs, le coiffeur, et Madame Rose, qui, debout près des portants où reposaient les vêtements, attendait que la princesse fût prête pour l'habiller. Sur le plateau, les techniciens et assistants du photographe véri-fiaient les éclairages et le décor. David Harlet, le photographe attitré de la princesse, s'était déplacé tout exprès de New York et buvait moult cafés, pour dissiper les brumes du décalage horaire. Un serveur proposa à la ronde divers rafraîchissements mais Marie, l'estomac noué tant l'enjeu lui sem-blait important, refusa le verre d'eau que Madame Rose lui tendit.

« C'était magnifique, la collection Vernet », dit-elle à la princesse qui souriait, impavide, dans le miroir cerné de spots tapissant la cloison. Le coiffeur ôta les derniers bigoudis posés à sec sur les cheveux blonds d'Iris, tandis qu'une jeune fille, avec des gestes experts, apportait une touche ultime à son maquillage.

Iris disparut un instant dans une cabine d'es-sayage avec Madame Rose, et reparut dans une robe du soir fuchsia, pour se diriger d'un pas sûr vers le plateau. Entourée d'une escouade d'assis-tants de coiffeurs, de maquilleurs, elle s'installa, docile, sur un tabouret spécial, au milieu du « cyclo », le visage déjà emprisonné dans l'objectif de David Harlet. D'emblée, Iris adopta le sourire des professionnelles. Madame Rose s'approcha discrètement pour remettre en ordre un faux pli, et tapota les manches, qui selon elle, bouffaient trop. Une maquilleuse en profita pour repoudrer doucement le nez de la princesse qui, habituée à la chaleur des projecteurs, gardait son calme. C'était, il est vrai, sa dixième couverture de la saison.

« Pour nous, c'est formidable », chuchota Madame Rose à Marie Pitanguy qui, les bras croisés, légèrement en retrait, observait les préparatifs de la séance. « La couverture et huit pages de *Narcisse*, vous vous rendez compte, reprit-elle. » Marie hocha la tête, allumant une cigarette pour dissiper sa nervosité. David Harlet commença par prendre quelques Polaroïds qu'il montra aux rédactrices de *Narcisse*.

« On cachera une partie du titre derrière les cheveux, déclara la responsable de la séance.

— Parfait. Allons-y. »

David Harlet, en pantalon de velours et blouson de cuir, se pencha derechef vers son appareil posé sur un trépied. Au fur et à mesure qu'il faisait signe à ses assistants, ceux-ci déplaçaient les projecteurs et autres parapluies. Marie observait Iris en rêvant. La princesse avait imposé à Deauville le style Pitanguy. Les Parisiennes en villégiature adoptèrent d'emblée le pantalon en jersey, les longues vestes assorties, les teintes sourdes de la collection Pitanguy qui semblaient se marier subtilement aux lumières tremblées de Deauville, l'été. Iris avait entraîné dans la boutique toutes ses amies, et leurs maris. Grâce à elle, Marie s'était fait en deux saisons mieux qu'un nom : une réputation. Après avoir engagé, pour la seconder, Madame Rose, ancienne première d'atelier chez Jacques Fath, Marie s'était offert le luxe de vendre Deauville pour ouvrir sa maison rue de l'Université. Iris avait suivi, les élégantes aussi. Un jour, Irène Reignant lui avait consacré un article dans *Narcisse*, intitulant ce premier reportage « Une autre Chanel ? ».

« Vous rêvez ? demanda Madame Rose qui s'approcha de sa patronne. La couverture est finie. »

Iris abandonnait le plateau. Chacun en profita pour se reposer, boire un verre, bavarder avec son voisin. Marie Pitanguy conversa un quart d'heure avec David Harlet selon qui tout ce qui se passait d'important dans la photographie naissait désormais à Paris.

« New York, c'est fini, conclut-il », l'air ravi. Soudain Iris réapparut. Elle portait le modèle 23 de la collection Pitanguy avec un feutre et des colliers fantaisie qui l'enlaidissaient.

« Minute, cria la couturière, de qui se moque-t-on ici ?

— Désolée, c'est moi qui commande », se fâcha la journaliste de *Narcisse*.

Madame Rose se mordit les lèvres, catastrophée. Iris était vêtue comme l'as de pique. Quant à Marie, elle réfléchissait. Si elle refusait l'accoutrement d'Iris, elle risquait de tout perdre. Pourtant, la styliste se trompait. N'avait aucune idée de ce que signifiait l'élégance. Que l'on photographiât ses modèles, soit, mais pas à n'importe quel prix. Qui aurait voulu ressembler à la princesse Iris ainsi vêtue ? Malgré le talent de David Harlet, les photos sembleraient ratées. Mieux valait réagir.

« C'est amusant, de mélanger des accessoires

fantaisie à des vêtements couture, déclara la rédactrice de *Narcisse*. C'est branché.

— Je me fous du " branché ", hurla Marie Pitanguy.

— Du calme, les filles, s'interposa David Harlet.

— Si quelque chose ne va pas, je peux me changer, proposa Iris, intimidée.

— On annule tout. Je reprends mes vêtements. »

Marie Pitanguy, pâle, se tourna vers Madame Rose qui se tordait les mains :

« Aidez nos amis à faire rentrer en urgence d'autres modèles, pour qu'ils puissent terminer la séance. Il ne faut pas empêcher les gens de travailler.

— Pour qui vous prenez-vous ? »

La styliste de *Narcisse* étouffait de rage.

« La mode, c'est un métier », gronda Marie Pitanguy qui tourna derechef les talons. Pour elle, l'affaire était réglée. Dans un coin, Madame Rose priait tout bas.

« Ecoutez, dit David Harlet à Marie, après un bref conciliabule avec Iris, habillez la princesse comme bon vous semble et qu'on en finisse. »

Tout le monde suivit Marie jusqu'à la loge d'Iris. Tandis que Madame Rose reprenait des couleurs, Marie se remit au travail. Décrochant tous les vêtements du portant, elle jeta au loin ceux qui ne lui plaisaient guère. Puis, à même le sol, elle commença des assemblages surprenants. Posant ici telle écharpe de soie, là telle ceinture, ajoutant un bijou, un cardigan, mariant les étoffes ou les couleurs, elle composa une garde-robe superbe en deux temps trois mouvements. Les formes s'emboîtaient, les nuances se fondaient, en une délicate harmonie.

« Formidable, décréta David Harlet.

— Epatant, ajouta Iris.

— Pas mal », reconnut la responsable de la séance, furieuse. Marie se redressa et s'excusa auprès d'Iris.

« Pardon de vous avoir retardée, mais depuis le temps que je vous habille, je sais ce qui vous va. »

Puis, à l'oreille du photographe, elle ajouta : « Ni vous ni moi n'avions intérêt à ce qu'Iris parût fagotée. »

Iris regagna son poste de travail, devant le « cyclo », et tous les techniciens se remirent en place autour d'elle. David Harlet fit signe à Marie Pitanguy qui faisait mine de s'en aller.

« Vous n'êtes pas libre pour dîner ? » demanda-t-il.

Ses yeux pétillaient. Elle regarda autrement ses joues mal rasées. Il souriait. Elle lui plaisait.

« Hélas non, dit-elle. Dommage.

— Vous ne manquez pas de culot », dit le photographe. Il serra la main de Marie et la garda une seconde dans la sienne. Puis, il se pencha vers l'objectif tandis que la couturière se dirigeait vers la sortie.

David Harlet savait de qui il parlait. A près de soixante ans, après avoir beaucoup voyagé, serré bien des mains, tiré le portrait de toutes sortes de personnalités, il finissait par connaître l'humanité.

*

Le lendemain matin, Marie Pitanguy fut réveillée par le téléphone. C'était Irène Reignant.

« Viens tout de suite », dit la rédactrice en chef de *Narcisse*.

Puis elle raccrocha sans même attendre la réponse de son amie.

Une demi-heure plus tard, en entrant dans les bureaux de *Narcisse*, avenue de l'Opéra, Marie fut bousculée par un fort-à-bras qui, portant une caisse de livres, faillit la renverser alors qu'elle se dirigeait vers la standardiste.

« Poussez-vous, ma petite dame, on travaille, ici. »

Surprise, Marie faillit répondre mais levant la tête, elle vit que d'autres déménageurs se frayaient un chemin dans les couloirs à l'épaisse moquette. Ce va-et-vient ne lui dit rien qui vaille. Elle s'approcha de la réceptionniste.

« Je suis Marie Pitanguy. J'ai rendez-vous avec Irène Reignant.

— On vous avait reconnue. Avec qui avez-vous rendez-vous ?

— Irène. La rédactrice en chef.

— Plus pour longtemps ! »

La jeune fille hocha la tête, lâcha son tricot, eut un vague soupir, et appuya sur une touche de l'interphone.

« Mais que se passe-t-il ici ? demanda Marie Pitanguy.

— Reignant vous attend », dit la standardiste, laconique. Pas très aimable, songea la couturière en se frayant un passage parmi les déménageurs. Elle connaissait les bureaux de *Narcisse* pour y être venue souvent. Dès sa première collection, après qu'elle eut vendu la boutique de Deauville pour louer la rue de l'Université, Irène l'avait soutenue, encouragée. Elle chemina, songeuse, parmi les hommes qui déambulaient dans les couloirs du journal. Dans le bureau de la secrétaire d'Irène, elle trouva un désert inquiétant. La machine à écrire était recouverte d'une housse de plastique. Partout des caisses en carton, des dossiers empilés sur les chaises, une atmosphère de désolation. Elle poussa doucement la porte d'Irène. Celle-ci, lui tournant le dos, contemplait, par la fenêtre, l'avenue de l'Opéra, les épaules secouées de sanglots. Son vaste bureau était vide. Sur la moquette beige, seul vestige des splendeurs passées, le téléphone à touches électroniques tranchait, menaçant.

« Que t'arrive-t-il ? cria Marie en courant vers Irène qui fit brusquement volte-face, le visage déformé par les pleurs.

— Tu n'es pas au courant ? »

Un déménageur entra sans frapper et commença de décrocher les doubles rideaux en chantonnant. Quand il sortit enfin, Irène poursuivit :

« J'ai eu des mots avec la direction. J'ai donné ma démission. Ils l'ont acceptée. Voilà. » Irène put à peine finir sa phrase, elle éclata en sanglots. Marie lui tapota doucement l'épaule.

« Ta démission ? Mais pourquoi ?

— Je te dis qu'ils l'ont acceptée.

— On réfléchit avant d'envoyer tout promener.

— Ça te va bien de dire ça ! »

Irène Reignant semblait avoir du mal à respirer. Sa bouche tremblait.

« Tu sais qui va me remplacer ? »

Atterrée, Marie Pitanguy se taisait. Irène ajouta :

« Jacques Larange. Ce porc », ajouta-t-elle en appuyant son front contre la vitre.

« Le monde est petit », remarqua Marie Pitanguy. Le téléphone sonna. Une lumière clignota. Irène s'accroupit sur la moquette pour saisir l'écouteur. Elle balbutia quelques mots incohérents puis, les genoux serrés, enfouit sa tête entre ses bras. Comme moi, derrière les poubelles de la rue des Fontaines, quand j'ai surpris Philippe Garnier avec la blonde, songea Marie.

« Je suis bien contente de l'avoir giflé », murmura la couturière. Puis elle ajouta, en caressant les cheveux de son amie qui geignait, accroupie :

« Tu aurais dû réfléchir. On résiste. On se bat. »

Avec son chignon strict, son tailleur Pitanguy, ses escarpins coûteux, Irène Reignant n'avait rien qui pût inspirer de la pitié. Le seul mot de chômage, à son sujet, semblait incongru. Sa réputation, celle de *Narcisse* lui avaient valu, des années durant, le prestige de ceux qui, dans la presse, ont un pouvoir de décision. Irène faisait corps avec le journal. Pourtant, en cette fin juillet, quelque part dans Paris, Larange devait songer au prochain numéro de *Narcisse*.

« Tu crois vraiment que j'ai eu tort ? demanda Irène d'une petite voix.

— Personne n'est irremplaçable, tu le sais mieux que moi. » Marie Pitanguy prit le bras d'Irène :

183

« Viens, ne restons pas ici, c'est trop déprimant. »

Ce qui lui manque, songea la couturière tout en entraînant Irène hors du bureau, c'est d'avoir mangé un peu de vache enragée. Quand elles passèrent devant la standardiste, celle-ci, apitoyée, hocha la tête, puis se remit à tricoter. Dehors, elles clignèrent des yeux dans le soleil de midi.

« Allez, je te dépose chez toi », décida Marie Pitanguy qui héla un taxi.

Dans la voiture, Irène gémissait, tapotant ses yeux rougis avec un mouchoir de fine batiste.

« Quel gâchis », soupira Marie.

Devant l'immeuble cossu de l'avenue Mozart, la voiture s'arrêta. Marie embrassa Irène.

« Ne t'en fais pas. Je suis là. Compte sur moi.

— A Paris, on ne trouve de travail que lorsqu'on occupe déjà un emploi, se plaignit Irène, abattue.

— Raison de plus pour ne pas démissionner sur un coup de tête », ne put s'empêcher de rétorquer Marie avec agacement.

« A propos, j'ai vu les Polaroïds de ta mode avec Iris. C'est superbe, dit soudain Irène, dont l'amour du métier l'emportait soudain sur les événements.

— Viens à la soirée des Oscars, j'aurai sûrement une bonne nouvelle pour toi », l'interrompit Marie. Elle ajouta qu'elle avait une idée, mais ne pouvait la dévoiler avant le lendemain.

« C'est rassurant de pouvoir compter sur quelqu'un. »

Irène sortit de la voiture, rassérénée. Marie la regarda qui formait le code d'accès sur le tableau chiffré tandis que le portail s'ouvrait en grinçant.

*

Le lendemain matin, comme chaque jour de la semaine, Marie Pitanguy se leva à six heures trente. Elle prit une douche et se prépara un café à l'italienne, à l'aide de sa machine à *espresso*. Puis, enfin réveillée, elle se dirigea à tâtons dans l'appartement que les doubles rideaux fermés plongeaient dans l'obscurité. Elle alluma sa lampe de travail braquée sur sa table à dessiner, un bureau ancien, une folie qu'elle s'était offerte en payant par mensualités chez un antiquaire de Saint-Germain-des-Prés. Ensuite, comme chaque matin, trois heures durant, elle se mit au travail. Ses croquis — dont Madame Rose et la première d'atelier affirmaient qu'ils étaient toujours d'une précision remarquable — s'entassaient autour d'elle. Quand elle ratait l'amorce d'un trait, qu'elle démarrait mal son dessin, elle chiffonnait rageusement la feuille de papier qu'elle jetait par terre. Sur le tapis, le canapé, partout à ses pieds les boulettes de papier s'entassaient comme pour lui rappeler sans cesse l'extraordinaire difficulté qu'il y avait, malgré le métier, à donner une forme à ses désirs. A force de labeur, au bout de cinq, dix ou quinze tentatives avortées, l'esquisse finissait par revêtir la forme que la couturière avait voulu lui insuffler. Ce jour-là, quand elle fut sûre d'avoir trouvé les « bonnes » manches, le « bon » col, elle se leva, engourdie, à demi abrutie, et se tourna machinalement vers des bocaux en verre alignés derrière elle sur une vaste étagère.

On aurait juré, dans la pénombre — Marie n'aimait travailler qu'avec une lumière indirecte —, des boîtes d'épicier, pleines de bonbons acidulés. Il s'agissait en fait de mille coupons d'étoffe minuscules qu'elle conservait ainsi, à sa disposition. Elle s'empara d'un bocal et fouilla parmi les bouts de tissus multicolores. « Voilà, c'est ça! » cria-t-elle dans le silence de l'appartement. Elle retira un carré d'étoffe rouge qu'elle brandit victorieusement. « Rouge Bethsabée », murmura-t-elle, il faut que je note, pour m'en souvenir. Elle prit un stylo feutre et inscrivit sur son carnet de croquis en lettres capitales : N° 1 ROUGE BETHSABÉE.

Puis, ravie, elle posa l'échantillon pourpre sur sa table de travail, à côté du dessin qu'elle venait de terminer. Voilà, c'était reparti. La machine était en route. La collection d'hiver à peine terminée, elle songeait déjà au premier modèle qui allait définir le style de son défilé de janvier. *Rouge Bethsabée*. C'était une bonne idée. Son dessin semblait coïncider parfaitement avec sa couleur fétiche. Elle sentit soudain des fourmis picoter ses chevilles. Une crampe gagnait son mollet droit. Depuis trois heures qu'elle travaillait, elle n'avait pas bougé. Des monticules de papiers, roulés en boule, parsemaient la moquette. Pour se dégourdir les jambes, elle s'agenouilla et commença à les ramasser. Elle jetait toujours ses brouillons avec une joie consommée. Pourquoi? Mystère. « Ouf! » fit-elle en s'étirant. Elle ouvrit les doubles rideaux et le soleil entra à flots dans son bureau.

Elle fila vers la salle de bains car à dix heures du matin, on l'attendait rue de l'Université.

*

Ce soir-là, vendredi 1ᵉʳ août, Marie Pitanguy marcha longtemps le long de la Seine. Elle sortait des bureaux de l'avenue Montaigne. Là, à quinze heures, après avoir longuement bavardé avec ses associés, et tandis que les avocats discutaient chaque alinéa, elle avait signé. Dans son porte-serviettes, elle tenait deux exemplaires du contrat. Sa vie changeait brutalement. Pour commencer, on allait la diffuser au Japon, et en Amérique. D'avance, pour ces marchés, on lui avait remis un chèque avec tant de zéros qu'elle en avait eu le vertige. Elle pourrait offrir à Marie-Louise et au Commandant un palace où les filles boiraient chaque soir du vrai champagne et dormiraient dans des draps de satin. Le Commandant pourrait acheter toutes les Cadillac dont il aurait envie. Qu'allait dire Jean, quand il saurait ? Jean qui, dans toute sa carrière, et malgré l'importance de l'entreprise Larmand et Cⁱᵉ, n'avait jamais réalisé de sa vie une affaire comme celle-ci ? Vernet et Solignac l'avaient embrassée, et invitée à dîner chez Lipp. Comme la tête lui tournait un peu, Marie s'était excusée, prétextant quelque rendez-vous. Ses désirs de liberté, son amour de la solitude l'emportaient toujours sur les plaisirs de la convivialité.

Après avoir longé la Seine, l'esprit calmé, elle se retrouva une demi-heure plus tard, au crépuscule, assise à la terrasse du Flore. Ses pas l'avaient portée presque malgré elle face à la Brasserie Lipp où dînaient ce soir-là Alex Solignac et Henri Vernet. Songeant à l'infortune d'Irène Reignant, elle se dirigea au premier étage, pour lui téléphoner. Puisqu'elle avait signé, elle pouvait proposer un travail à la directrice de *Narcisse*. Chez Irène, personne ne répondit. Elle devait être sortie. Marie Pitanguy revint s'installer en terrasse, et contempla la Brasserie Lipp comme si l'endroit recelait quelque mystère qu'elle se trouvait sur le point de percer. Elle avait beau suivre des yeux le ballet des arrivants, deviner le sourire de parfaite courtoisie de M. Cazes, le maître des lieux, c'était la terrasse du Central qui surgissait soudain en face d'elle, et les voitures de la jeunesse dorée qu'elle voyait garées aux alentours. Les notables de Lorient, qui se pressaient jadis au Central, semblaient s'être donné rendez-vous chez Lipp. A Paris, Lorient ou New York, tout le monde respectait les mêmes lois. Elle saisit son poudrier pour vérifier, dans le miroir, que vingt ans avaient bel et bien passé depuis sa fuite de Lanester. Quelle tête affichait-on à trente-huit ans, quand on était devenue une femme riche ? A la lumière du néon, le roux s'avouait vaincu, envahi par mille cheveux blancs qui donnaient à sa chevelure un aspect grisé. Pour elle aussi, l'automne viendrait par surprise. Juliette un jour lui avait dit :

« Une femme n'est rien si elle ne vit pas un amour dans sa vie. »

Jean allait rentrer de voyage. Marie Pitanguy sourit. Se sentit soudain un solide appétit. Une fringale de mets simples. Elle commanda au garçon des œufs brouillés et un ballon de bordeaux.

Soudain, un jeune homme s'approcha et lui sourit. Grand mince, les cheveux blonds, le regard clair, il ressemblait à Philippe Garnier jadis, quand celui-ci était le plus beau garçon du Central.

« N'êtes-vous pas Marie Pitanguy ? demanda-t-il timidement.

— Si. Pourquoi ? »

Comme il semblait jeune. Vingt ans à peine. Voyait-il tous ses cheveux blancs ? Savait-il qu'elle avait l'âge de Juliette, quand elle avait quitté Juliette, il y avait longtemps ? Qu'elle faisait partie de ces femmes dites mûres, qui malgré leur indépendance, leur argent, ont besoin d'un Jean ?

« Je suis étudiant aux Beaux-Arts.

— Quelle chance ! »

Elle était souvent allée rue Bonaparte pour donner des cours sur le dessin de mode.

« Comment fait-on pour devenir couturier ? »

Marie lui montra une chaise et répondit en riant : « Asseyez-vous. »

Il s'assit. « Je m'appelle Julien », dit-il. Il semblait sympathique. Même si avec lui elle perdait son temps, qu'importait au fond ? Elle avait trop travaillé, ces derniers temps. Il l'interrogea sur la maison Pitanguy, la mode, les stages, les collections, les filières, mais elle eut beau lui parler des retoucheuses, des vendeuses, de Madame Rose, Fabrice, comment expliquer à ce garçon que la couture ce n'était pas les mannequins sur le podium, les photographies dans les magazines, mais un labeur ingrat pendant des années, le devoir de tout recommencer, chaque fois, puisque l'œuvre aboutie — la collection — à peine née, mourait aussitôt, sous les bravos et dans le crépitement des appareils-photos ? Que la mode n'était pas un art, sans doute, mais que ceux, très rares, qui parvenaient à lui imposer leur marque avaient quelque chose de l'artiste ? Comment lui dire ces vérités contradictoires, lui faire comprendre cette gratuité dérisoire, et le découragement qui vous prenait parfois, avec l'épuisement ?

« Le fait qu'on vous compare souvent à Chanel, ça vous agace ou ça vous fait plaisir ?

— C'est parce que, comme elle, j'ai débuté dans une boutique à Deauville. Vous connaissez les journalistes... » L'étudiant l'observait, transporté. Elle lui trouvait du charme. Elle n'aimait pas les hommes jeunes mais Julien lui aurait plu, s'il n'y avait eu Jean. Pourquoi et comment était-elle devenue une femme fidèle ?

« Comme elle, vous avez un instinct de ce qui plaît aux femmes, dit le jeune homme avec enthousiasme.

— Vous croyez ? »

Il n'avait pas tort, au fond. Elle se contentait d'imaginer, et de dessiner des vêtements qu'elle aurait aimé porter. Elle trouvait que beaucoup de couturiers oubliaient qu'il s'agissait, avant tout, d'habiller des femmes. En écoutant ses propres désirs, elle savait ce qui plairait à ses semblables. Pour Marie Pitanguy, c'était une vraie chance que d'être une femme dans ce métier. Et si dans la confrérie, les hommes dominaient, elle se sentait favorisée par rapport à eux. Elle n'avait jamais besoin de supputer, de deviner. Elle savait.

Soudain, une passante s'arrêta devant la terrasse

pour s'installer non loin d'eux. Elle tenait dans ses bras un enfant. Celui-ci, âgé d'un an à peine, tendait les bras vers la couturière, tandis que sa mère, qui tournait le dos à Marie Pitanguy, commandait un café au serveur. Le bébé souriait à Marie Pitanguy et elle aima les larges yeux violets, le duvet blond qui ornait son front.

« Houhou, vous rêvez ? »

Elle tressaillit et s'obligea à quitter l'enfant des yeux. Jean était venu si tard dans sa vie. Elle avait quitté tant d'hommes avant lui. L'enfant blond se dressa sur les genoux de sa mère et tendit encore les deux bras vers Marie. Elle sentit la tristesse la gagner face aux mains rondes, potelées. Elle tourna la tête dans la direction opposée et vit Jacques Larange qui entrait chez Lipp, au bras de Clémence. Puis ce fut au tour de Marc Ferrier. Quelques minutes plus tard, Alex Solignac fit son entrée avec Catherine Adévari et Henri Vernet.

« Vous croyez que je pourrai faire un stage chez vous ? demanda l'étudiant.

— Quand on veut vraiment quelque chose, on l'obtient », dit-elle songeuse, son regard s'attardant à nouveau sur le bébé qui se mit à pleurer.

Julien eut peur d'ennuyer la couturière.

« On dit que vous allez obtenir l'Oscar de la meilleure collection, dit-il en fouillant dans ses poches pour chercher son briquet, car Marie Pitanguy avait pris une cigarette.

« Ah oui ? »

Il l'ennuyait. Ce n'était pas une femme commode, Marie Pitanguy. Elle l'intimidait. Elle aurait dû le deviner. L'aider un tant soit peu. Au lieu d'essayer de le mettre à l'aise, elle ne cessait de tourner la tête à gauche, vers ce marmot braillard, ou à droite, vers la brasserie Lipp. Qu'attendait-elle ? Pourquoi semblait-elle si nerveuse ?

« Pardon, dit-il, honteux, je vois bien que je vous dérange.

— Au contraire ! »

Près d'eux, la jeune femme se leva, serrant son enfant contre elle. Marie la suivit longtemps du regard. Pourtant le bonheur, ce n'était pas ça non plus. Si elle avait été cette femme, portant ce bébé, n'aurait-elle pas, à son tour, voulu être une Marie Pitanguy ?

« Les œufs brouillés n'arrivent pas, tant pis, dit-elle soudain énergique. Venez, on va dîner en face.

— Dîner ? »

Sans répondre, elle se leva, posa de l'argent dans la soucoupe en plastique, pour les consommations qu'elle négligea d'attendre et prit fermement le bras de l'étudiant.

Quand il traversa le boulevard à ses côtés, Julien fut frappé par la petite taille et la minceur de Marie Pitanguy. Une personne si fragile, si menue, pouvait-elle être forte ? Marie, elle, songeait à Jean qui lui manquait d'autant plus qu'elle ne pouvait chasser de son esprit son retour imminent. Quand ils entrèrent chez Lipp, Julien se tint en retrait, intimidé par les visages célèbres, les regards curieux, les lumières, l'atmosphère quasi familiale de l'endroit où chacun semblait goûter le plaisir de dîner entre soi, à la bonne franquette. M. Cazes serra la main de Marie, chuchota à son oreille quelques mots gentils selon ses habitudes — avait-il de l'affection pour elle ou aimait-il toutes les femmes qui fréquentaient son établissement ? — puis un garçon les guida vers leur table. Au passage, elle salua ses amis, serra quelques mains, sourit à chaque convive qui semblait avoir quelque chose à lui dire.

« Julien, dit-elle quand ils furent enfin assis, quel âge me donnez-vous ? »

L'étudiant rougit. Bafouilla. Chercha désespérément ce qu'il pouvait annoncer qui ferait plaisir à la couturière, sans qu'il eût pour autant l'air de mentir.

Heureusement, un garçon surgit avec la carte et l'interrompit dans son élan :

« Je vous mets un mille-feuille de côté madame Pitanguy ?

— Deux, s'il vous plaît, Fernand », dit-elle gaiement. L'homme revint aussitôt avec une bouteille de champagne et deux coupes.

« Pour vous, madame Pitanguy, de la part de M. Solignac, et avec ses compliments », dit le garçon qui emplissait leurs verres.

L'étudiant soupira, soulagé. Marie Pitanguy semblait avoir oublié sa question. Quel âge pouvait-elle avoir ? Quarante ans ? Un peu plus, un peu moins ? Elle lui plaisait. Il savait que dès la fin du repas, elle l'oublierait. Qu'il n'avait aucun espoir de la revoir. Près d'une femme comme elle, on ne devait pas s'ennuyer. Avait-elle un mari, un amant ? Il l'observait avidement tandis qu'elle levait sa coupe en souriant de loin à Solignac qui, au fond de la salle, lui portait un toast.

« A votre avenir, Julien », dit Marie Pitanguy en

choquant son verre contre celui du garçon. Et au retour de Jean, pensa-t-elle, en regardant sa montre. Sur ses genoux reposait la serviette en cuir contenant son contrat avec Henri Vernet, qui la protégeait à jamais de l'Impasse.

*

Elle quitta Julien devant chez Lipp. Plus tard, chez elle, elle appela Irène Reignant.

« Rendez-vous demain soir à l'Opéra, dit-elle gaiement. Je serai avec Jean.

— Raconte.

— J'ai un travail pour toi.

— Formidable. »

Marie raccrocha. Le Commandant lui avait appris, par son seul exemple, que c'était à une certaine fidélité qu'on jugeait les gens. Puis, tout au plaisir du retour de Jean, elle prit un bain, brossa ses cheveux, posa quelques gouttes de parfum sur sa nuque et au creux des poignets. En peignoir, elle parcourut ensuite la presse du jour. Pour la cérémonie des Oscars, son nom et celui d'Henri Vernet revenaient souvent. Elle lut et relut le contrat qui faisait sa fortune. Quelle année, et quel été! Puis, elle téléphona au Commandant. Minuit, rue de la Soif. Ce devait être l'heure d'affluence dans les bars du port.

« C'est toi, Princesse?

— Commandant, pour une fois, demain soir, regardez la télévision. Prévenez Marie-Louise.

— Promis. Mais ce n'est pas seulement ça qui te met en joie.

— J'attends quelqu'un qui s'appelle Jean.

— Tu as de la chance.

— Commandant, il y a des fleurs partout dans l'appartement, et je porte un kimono blanc.

— Profites-en bien, Princesse. Ici aussi c'est l'été et les hommes sont contents. »

Il posa soudain l'écouteur, et elle perçut un bruit de verres cassés. Elle entendit ensuite des insultes, des cris.

« Tu vois, reprit le patron du bordel, depuis ton départ, rien n'a changé.

— Je vais revenir bientôt, Commandant. Vous me manquez.

— Tu seras fière de savoir que Marie-Louise parle de toi sans cesse, même à des étrangers. »

Elle l'embrassa — plus elle avançait en âge, plus elle osait avec cet homme qui l'intimidait des gestes, des mots qu'auparavant elle n'eût jamais risqués.

Puis elle fit le tour de l'appartement, essayant de tout voir avec le regard las du voyageur. Dans chaque pièce, la lumière douce, indirecte, les fleurs sur un guéridon, ou sur un coin de cheminée, créaient une ambiance chaleureuse. Dans le réfrigérateur, Pépita avait tenu au frais du caviar et de la vodka en l'honneur du retour de Jean. C'était la fête. « Et si j'épousais Jean »? se demanda Marie Pitanguy en songeant avec tendresse à l'absent. Il allait être fier d'elle. Elle brûlait de lui conter ces trois semaines magiques : le succès de sa collection, les articles élogieux, le contrat avec le groupe Vernet.

Pour passer le temps, elle téléphona au standard

de Roissy, vérifiant auprès d'Air France que l'avion en provenance de Tokyo arrivait à l'heure prévue. Puis, songeant qu'il faudrait encore une heure au voyageur pour parvenir jusqu'à elle, prise d'une inspiration soudaine, elle se dirigea vers un placard de la cuisine où elle savait trouver au fond, derrière les balais et les chiffons, une boîte rouillée contenant des photos de famille que Juliette lui avait expédiées dès sa fuite de Lorient. Bien qu'il n'y eût, dans le colis, aucune lettre d'explication justifiant cet envoi, la fille de la couturière ne s'était pas trompée sur les intentions de sa mère. On la rayait, en somme, de la carte des vivants. A l'époque, bouleversée, au bord de la nausée — Juliette lui avait renvoyé toutes les photos des Pitanguy où figurait l'aînée — Marie voulut jeter le tout à la poubelle, mais une sorte d'instinct l'en empêcha. Dans une boîte en fer-blanc qu'elle tenait de Marie-Louise — la patronne lui faisait parvenir chaque mois des biscuits pur beurre, fabrication artisanale garantie —, Marie avait rangé ces images qui lui blessaient la vue. Depuis lors, incapable de jeter le coffret ou de l'ouvrir, elle tournait parfois autour du placard, comme attirée par ce qu'elle risquait d'y découvrir et que rien ne pouvait lui faire oublier. Pour la première fois de sa vie depuis qu'elle avait quitté sa famille, voici qu'elle éprouva le désir de revoir ses photos de jeunesse.

Son fardeau sous le bras, elle se dirigea vers le canapé du salon, pour ouvrir le couvercle, qui se rabattit sur un monticule de papiers jaunis.

Ils étaient tous présents au rendez-vous qu'avait fixé sa mélancolie, les Pitanguy. Dans son uniforme d'officier marinier, le père souriait à l'objectif, tenant un bébé par la main, elle sans doute, à deux ou trois ans ? Juliette, entre ses deux enfants, dans un maillot de bain qui faisait, à l'époque, l'admiration des baigneurs de Perros-Guirec, souriait elle aussi, la main posée sur l'épaule de René. A quel moment le garçon s'était-il méfié de sa sœur ? Quand avait-il compris qu'il lui faudrait choisir son camp ? Entre cette fillette ingrate qui ne souriait pas au photographe, et la femme qu'elle était devenue, quel processus s'était accompli à son insu ? Si elle était restée à Lanester, parmi les siens, aurait-elle eu droit à cette paix qui, les soirs d'insomnie, lui faisait cruellement défaut ? Dans le lot, Marie découvrit un portrait de Juliette portant sa fille sur les genoux, mais qui, de son mari ou de son fils, avait eu, pour une fois, la main si heureuse ? Juliette, en jeune mère comblée, apparaissait dans toute sa beauté, ses cheveux roux brillant par contraste sur le bleu pur d'un ciel d'été. Assise sur la coque d'une barque de pêche, elle incarnait la grandeur des joies simples, quand il n'y a pas d'histoire à raconter. Marie saisit une loupe, et tenta de déchiffrer la photo à l'aide du verre grossissant. La couturière tenait à la main son fameux porte-cigarettes, un cadeau du père, rapporté du Brésil, et que Marie ouvrait souvent en cachette, quand Juliette l'oubliait sur la toile cirée de la cuisine. En vingt ans, combien de fois Juliette avait-elle fait claquer d'un coup sec le fermoir de son étui doré ? Marie explorait la photographie de sa mère comme si le portrait — abîmé par les années — recelait quelque mystère qu'il lui fallait percer. Elle s'amusa à déchiffrer le nom du bateau sur lequel Juliette était assise, son enfant dans les bras. *La Préférée,* lut-elle, le cœur serré. Drôle de nom pour une vieille barcasse tout juste bonne à ramasser les casiers, à l'aube, avant la marée. Mais les marins du port donnaient à leurs navires des noms étranges qu'il ne fallait pas leur demander de justifier. « Vous êtes tous mes préférés », répétait Marie-Louise, le soir, aux Voyageurs. Soudain elle entendit un bruit de clefs dans la serrure. C'était Jean. Ce ne pouvait être que lui. Elle se leva brusquement, et le coffret tomba sur la moquette. Les photographies s'éparpillèrent autour d'elle, d'autant qu'un courant d'air fit claquer, avec la porte d'entrée, les fenêtres du salon. Elle les piétina pour courir plus vite vers le couloir.

Le voyageur se tenait debout dans l'encadrement de la porte, sacoche en bandoulière, les traits tirés. Cheveux gris, yeux clairs, avec toutes ces rides comme un paysage oublié, il ne manquait pas de charme, Jean.

Depuis des jours, des semaines, qu'elle anticipait cette minute, voici qu'elle la vivait enfin, s'étonnant de trouver naturel, sinon banal, le retour de l'absent. Elle sourit gauchement, n'osant se jeter dans ses bras : toujours cette maudite pudeur.

« Entre donc », dit-elle, rougissante.

Il l'embrassa sur le front, et se dirigea vers la chambre, encombré de ses bagages. Elle le suivit.

« C'est bien d'être ici », dit-il. Elle s'assit sur le lit pour le contempler qui allait et venait dans la pièce, déposant ici un journal, là un dossier, posant sur la commode un trousseau de clefs, quelque menue monnaie. De la housse de voyage posée en travers des oreillers surgirent l'étui à cravates, les chaussures dans leurs sacs en peau de chamois, des pulls, deux costumes. Puis, il se dirigea vers la salle de bains. Elle le suivit encore, pour le plaisir de le voir ranger sur la tablette vide, au-dessus du lavabo la mousse à raser, le tube de dentifrice, le flacon de vitamines. D'un placard, en homme qui connaît son chemin, il extirpa un peignoir, des pantoufles. Au bout d'un quart d'heure l'appartement fut méconnaissable. Partout s'étalaient, touchants, incongrus, les signes de la présence de Jean. Au fur et à mesure qu'il marquait son territoire, elle se sentait redevenir elle-même, c'est-à-dire une femme, enfin.

C'était comme si, en prenant possession de tout cet espace où elle vivait seule, il s'emparait d'elle aussi.

« Tu as faim ? » demanda-t-elle pour dire quelque chose. Leur conversation semblait compliquée par l'émotion de se retrouver. Toujours lorsqu'elle le revoyait après une longue absence, elle mettait longtemps à s'acclimater, renâclant à renouer les liens de leur intimité. Toujours il respectait ce laps de temps nécessaire et elle lui en savait gré. Pour redevenir une femme normale, s'adoucir, s'assouplir, elle manquait d'entraînement. Debout au salon, face à face, ils se regardaient, gênés.

« Pourquoi toutes ces photos ? demanda-t-il soudain.

— Rangeons-les. » Elle s'agenouilla pour ramasser les souvenirs de l'Impasse. Il se pencha pour l'aider. Soudain, par inadvertance, leurs mains se rencontrèrent sur le portrait de Juliette. Leurs doigts se frôlèrent. Elle rougit. Il se redressa et la prit dans ses bras. Etait-ce ainsi que Juliette, jadis, retrouvait le sous-officier ? Dans cette transe pudique du désir, un désir violent de lui, car elle le voulait comme les hommes ont envie des femmes. Il l'entraîna vers leur chambre. Elle se dévêtit très vite dans la pénombre, et songea non sans plaisir qu'elle se trouvait face à lui, plus nue qu'il n'y semblait. Le devinerait-il ?

Quand leurs corps eurent retrouvé la vieille intimité, celle dont ni l'un ni l'autre ne pouvaient se passer, ils se séparèrent comme à regret, dans une gratitude intense. Allongés sur le dos, côte à côte, ils gisaient au comble de ce qu'on appelle l'amour, et qui n'est rien d'autre que la quête, pathétique, de ce qu'ils éprouvaient à cet instant-là.

Elle tendit la main dans l'obscurité pour inspecter, à l'aveuglette, chaque centimètre carré de ce corps, comme pour vérifier que c'était bien à cet homme-là qu'elle devait la joie qui l'habitait toute. Le torse puissant, aux douceurs soyeuses, les cuisses fermes, les fesses dures, ramassées, la courbe de l'épaule, la finesse des poignets, la nuque au creux enfantin, si vulnérable, tout semblait confirmer la perfection de Jean.

« Tu m'as manqué, dit-elle.

— Raconte. »

Il l'attira contre lui. Elle observa ses seins une seconde. Ils semblaient sans défense, comme elle, affaissée dans sa féminité. Elle allait lui conter la succession d'événements extraordinaires qui venaient de bouleverser sa vie. Son instinct l'arrêta juste à temps. Elle savait que si un homme peut à la rigueur trouver du charme à une femme indépendante, il éprouve un malaise face à son succès. Si elle lui disait, de but en blanc, la vérité, Jean, qui venait d'arriver d'un voyage fatigant, se sentirait diminué. Comme tous les hommes, et malgré sa bonne volonté, il avait besoin de se sentir le maître. Il l'aurait félicitée, interrogée, mais une faille aurait abîmé la perfection de l'instant qu'ils partageaient enfin. Elle tenait à lui, aussi savait-elle, d'instinct, ce qu'il convenait de lui dire ou pas, et à quel moment.

« Ton voyage d'études, c'était réussi ? demanda-t-elle.

— Très. »

C'était facile de faire parler un homme intelligent. Il suffisait de l'interroger avec assez de pertinence pour ne pas l'ennuyer, mais pas trop de science de sorte qu'il pût expliquer, non sans plaisir, quelques détails compliqués. Ils se levèrent tandis que Jean poursuivait la narration de son périple. Regagnèrent le salon. Elle mit le couvert, s'affaira autour de la table, le servit. Il lui porta un toast. Elle l'écouta avec admiration. Il évoquait les villes traversées à l'aube, les dîners interminables, les cocktails avec les officiels. Pour investir, il fallait revenir avec d'autres industriels français avant la fin de l'année. Tandis qu'il parlait, s'enflammait, elle était aux petits soins pour lui, à genoux sur la moquette. Encore un peu de café ? Elle lui tendit du feu pour son cigare. Voulait-il un digestif ? Je suis la parfaite geisha, pensa-t-elle amusée, attendrie par cette passion qui animait Jean lorsqu'il parlait de son métier. Quand elle eut débarrassé la table, vidé les cendriers, elle revint s'asseoir en face de lui sur le canapé.

« C'est joli ton kimono », dit-il. Puis il ajouta : « Et toi ? Qu'as-tu fait ?

— Tu sauras tout demain soir : nous allons ensemble à l'Opéra. »

Jean fronça les sourcils, apparemment contrarié.

« Impossible, ma chérie. J'ai rendez-vous avec Geneviève. Un dîner prévu depuis longtemps. »

Geneviève. L'ex-femme de Jean. Bien qu'ils n'eussent pas d'enfants, ils se voyaient souvent. Geneviève, qui vivait de ses rentes, ressemblait, d'après les photos que Jean lui avait montrées, à Mme Garnier et à Madame Fernande de chez Jacques Rivère. Chignon austère, boucles cendrées, tailleurs pied-de-poule, un goût parfait, des plans de table, pour les dîners, le jus d'orange après le pousse-café, l'ennui distingué.

« Il faut annuler ton rendez-vous avec Geneviève. Figure-toi que demain soir, à l'Opéra, Alex Solignac annonce qu'il s'associe avec moi. »

Marie Pitanguy sourit d'un air faussement modeste pour voir l'effet qu'allaient produire, sur le visage fermé de son compagnon, ces mots qu'elle avait attendu toute la soirée pour prononcer.

« Alex Solignac ? Qui est-ce ?

— Tu sais bien. Le président du groupe Henri Vernet.

— Ah ? »

Marie se leva pour faire les cent pas, au comble de l'agacement. Jean soupira.

« Justement, à Tokyo, on me disait que la mode

française et Henri Vernet ont perdu leur prestige. Ce qui marche, je te le donne en mille, ce sont les couturiers américains.

— Jean. Je t'en prie. C'est mon métier. Je sais mieux que toi ce qui se vend ou pas à l'étranger. »

Jean haussa les épaules, pas convaincu. Elle s'assit de nouveau près de lui, prit sa main, priant tout bas qu'elle se trompât, que le désastre qu'elle pressentait n'allait pas jaillir, au beau milieu de leurs retrouvailles, espérant qu'il était encore temps de renverser le cours des choses, de revenir en arrière.

« Jean, on parle de moi pour les Oscars. Je risque bien d'obtenir celui de la meilleure collection. »

Elle l'observait pour voir la surprise, puis la joie, et l'admiration même, pourquoi pas, se substituer à son expression ironique.

« Vraiment ?

— J'ai mes chances.

— Parce qu'il y a des Oscars pour la mode, maintenant ? J'en étais resté aux Césars du cinéma. On n'arrête pas le progrès.

— Jean ! »

Elle se leva, rouge de colère. Je le déteste, pensa-t-elle, très vite. Il l'observait avec perplexité. Elle tenta, une dernière fois, de se dominer. Ne formaient-ils pas ce qu'on appelle un couple ? Ne devait-elle pas leur donner une chance, si maigre fût-elle ? N'était-ce pas le lot de tous, cette guerre en dentelles ? Elle se domina donc et lui raconta ces trois semaines qui avaient changé sa vie. Elle évoqua le premier chèque d'Alex Solignac, qui faisait sa fortune, leur fortune. Elle parlait tout bas, de manière volubile, avec sa vraie voix, celle qui, le reste du temps, semblait étouffée. Non que la tessiture en fût changée, mais plutôt le rythme des mots, leur enchaînement, la façon de s'attarder ou pas sur certaines voyelles, de taire au contraire les consonnes disgracieuses. Elle songea soudain qu'elle forçait sa voix avec le personnel des palaces dans lesquels elle allait parfois avec Jean, le week-end. Il parlait à tout le monde avec la tranquille obligeance d'un être habitué à être obéi. Quant à elle, c'était plus fort qu'elle, elle ne parvenait pas à trouver normal, malgré les années, la fortune, la renommée, qu'on la servît. Dans les restaurants ou les dîners en ville, au contraire de ceux qui l'entouraient, elle ne pouvait s'empêcher de dire merci aux garçons ou aux employés de maison qui déposaient une assiette devant elle, ou emplissaient son verre. Entre elle et eux naissait une connivence qui ne manquait pas de la troubler. Parfois, on lui glissait un mot gentil à l'oreille, on découpait sa part de gâteau, on lui faisait des signes pour lui demander si tout allait bien. Un jour qu'un invité plaisantait sur la vulgarité amusante de sa bonne, elle n'avait pu s'empêcher de lever la tête vers celle qui les servait ce soir-là, et souffrit avec elle, de ces moqueries sur le personnel de maison, son manque de goût, de culture, de discernement. Pour finir, la joyeuse tablée pouffa de rire lorsque le narrateur, en veine de confidences, se mit à imiter la voix et les manières frustes de la femme de ménage, un vrai personnage selon lui. Une faute de français particulièrement énorme déclencha l'hilarité générale.

Marie observa la servante qui posait le couteau, la fourchette, pour le fromage, le dos voûté, les yeux baissés. Malgré elle, elle se sentit sa complice. Elle avait la pauvreté dans le sang.

« Tu ne viens pas demain, c'est décidé? dit-elle d'un ton sec.

— Sois raisonnable. Geneviève vieillit. Elle est seule. Je ne peux pas lui faire ça.

— Et moi? Qu'est-ce que je fais, moi?

— *Toi,* toujours toi, vraiment tu me fatigues, à la fin. »

Il jeta son journal et se leva. Pour Jean, la discussion semblait close. Il convenait de passer à un autre sujet. Quand il passa devant elle, elle détesta son dos hostile, celui d'un étranger.

« Sale égoïste, cria-t-elle dans le couloir.

— Fiche-moi la paix. »

Folle de rage, elle courut derrière lui et l'attrapa par la manche de son pull en Shetland gris. Tiens, se dit-elle, lui aussi, comme Philippe Garnier, achète ses pulls à Londres.

« Salaud! cria-t-elle, éperdue.

— Tu es devenue folle? »

Il la repoussa rudement contre le mur du couloir. Elle se jeta sur lui. Se mit à frapper de toutes ses forces pour libérer la rage qui la possédait, une vieille rage oubliée. Sans comprendre pourquoi, elle se souvint de ces coups qu'elle avait donnés jadis à sa propre mère. Voilà, avec Jean, c'était la même furie, le même désir de combler le manque, le terrible manque. Comme il tentait de se dégager de cette furie, il la gifla de toutes ses forces. Elle sentit quelque chose de chaud qui coulait sur ses lèvres et sur sa langue reconnut le goût âcre et sucré du sang.

« Lâche, cria-t-elle. Va-t'en ! Va-t'en d'ici tout de suite. »

Il quitta la pièce. Elle tremblait. Se mit à pleurer en silence. Dans la salle de bains, elle prit un Kleenex pour tapoter son nez tuméfié. Quoi qu'elle fît à présent, il ne viendrait pas avec elle à l'Opéra. Elle ne lui tenait pas rigueur de l'avoir frappée. Les hommes ne se rendent jamais compte de leur force. Et puis, elle l'avait provoqué. S'était ruée sur lui comme une chatte enragée. Ce n'était pas à Jean qu'elle en voulait mais au besoin qu'elle avait de lui. Au fond, malgré leur intimité, elle se sentait seule avec Jean, comme jadis avec sa mère, ou son père. Tous ceux que l'on aimait pouvaient un jour vous faire défaut, devenir des ennemis, d'autant plus cruels qu'ils avaient accès à tous les secrets, qu'ils possédaient la clef du mécanisme qui vous faisait marcher. Elle était seule, comme Jean, malgré les apparences, et tout le monde vivait seul, même le Commandant. Le chagrin qu'elle éprouvait, elle l'aurait volontiers échangé contre celui de Jean, sans doute plus léger. Quand il passa devant elle, un quart d'heure plus tard, avec sa valise, son imperméable chiffonné par le voyage, elle pleurait toujours, mais ne bougea pas. Pas plus qu'elle ne tenta de le retenir, ou de l'appeler, lorsqu'il fit claquer derrière lui la porte d'entrée.

*

Ce matin-là face aux fleurs qui, dans l'appartement désert, commençaient à faner, Marie Pitanguy se souvint de deux événements qui ne cessaient de l'obséder. Elle y songeait chaque fois qu'elle avait des problèmes, pour ne pas s'apitoyer sur son sort. Un jour qu'elle se promenait boulevard des Invalides, elle avait été le témoin d'un accident. Une voiture, conduite par une femme, s'était jetée contre un pylône. D'abord, la foule des badauds n'avait pas réagi. Chacun s'était arrêté, surpris par cet amas de ferraille, qui semblait irréel. La conductrice s'était extirpée tant bien que mal de sa voiture. Elle avait fait quelques pas, titubant sur l'asphalte, tandis que d'autres voitures s'arrêtaient, que leurs conducteurs se précipitaient à son secours. Puis, au soleil de midi, tandis que Marie, blême, l'observait, la femme avait levé les bras au ciel, en un moulinet désespéré. Ensuite, doucement, elle était tombée sur le trottoir; les yeux fixes, bras et jambes écartés, elle avait sans doute cessé de voir et d'entendre autour d'elle les mouvements, les cris, les sirènes des ambulances. Le tout n'avait pas duré plus de trois minutes. Où cette femme allait-elle ce matin-là? Quel projet l'animait? Marie Pitanguy, flageolante, souffle coupé, n'avait pu ni partir ni rester. Elle s'était appuyée contre un arbre, tournant le dos à ceux qui s'activaient pour emporter la mourante. Toute la journée, elle n'avait cessé de revoir cette femme brisée. Par la suite, chaque fois qu'une tristesse la gagnait, qu'un événement la retenait dans son élan, elle revoyait les bras de la victime qui battaient l'air, le ciel bleu, la gaieté de ce jour de printemps.

Quand elle eut trouvé refuge dans une voiture qui passait, elle dit au chauffeur de taxi :

« Il y a eu un accident, monsieur.

— Et alors ? Ça arrive tous les jours. »

Tous les jours en effet. Ce jour-là, bien des années après, tandis qu'elle se préparait pour le bal de l'Opéra, au lieu de déplorer sa solitude, l'absence de Jean, elle se souvint qu'elle avait prié dans la voiture qui l'emmenait vers la boutique et ses ateliers. « Sauvez cette femme, sauvez-la », avait-elle murmuré tout bas.

Quand elle conta l'histoire à Jean, Jean se moqua d'elle. « Vraiment, tu es trop impressionnable, dit-il, comme elle pleurait en la racontant.

— Tu ne comprends pas, insista-t-elle, ce n'est pas seulement cette femme. Ce qui me fait peur, c'est autre chose, ta fragilité, par exemple, et la mienne aussi.

— Tu vas trop au cinéma, ma chérie. »

Elle s'était tue. Une autre fois, dans un dîner en ville, on lui avait présenté une femme d'environ cinquante ans, qui, après la mort de son fils, était devenue folle. Pendant tout le repas, elle riait à contretemps. Tandis que les convives, gênés, faisaient semblant de l'ignorer, elle marmonnait parfois des mots étranges, puis éclatait de rire sans raison, et sa tête se balançait par-dessus son assiette vide. Son mari, assis près d'elle, semblait trouver naturels les gestes et les cris de la folle. Au moment de passer au salon, il prit Marie à part, et lui dit tout bas :

« J'ai vu que vous regardiez beaucoup Lucienne. Ne craignez rien. Elle ne souffre plus. »

Puis il raconta. Un jour d'été que la mère admirait, dans un port de Grèce, son fils unique qui plongeait sur la jetée, celui-ci n'avait jamais refait surface. Depuis, elle riait sans cesse, comme elle s'était mise à rire lors du dernier plongeon du garçon. « Il avait dix-huit ans. Il était beau », murmura le père. Il avait les cheveux tout blancs, pourtant son visage las accusait à peine cinquante ans.

« Mais aujourd'hui c'est fini, poursuivit-il, elle a tout oublié. » Et comme pour lui donner tort, la folle poussa soudain au salon, où les invités s'étaient regroupés, un lugubre cri qui résonna dans tout l'appartement. Les convives baissèrent la tête vers leurs tasses de café. La maîtresse de maison, une amie de Marie Pitanguy, faisant comme si de rien n'était, insista, face à la mère en deuil.

« Un sucre ou deux, Lucienne ?

— Là, ce n'est rien, on va rentrer, elle est fatiguée », soupira le mari en s'approchant du fauteuil où Lucienne riait à gorge déployée. Et ils s'étaient éclipsés, courbés sous le même joug. Marie Pitanguy, prétextant la fatigue, demanda aussitôt à se retirer. A Jean, sur le chemin du retour, elle ne souffla mot. Mais chez elle, elle téléphona aussitôt à Lorient.

« Marie-Louise ? Tu vas bien ? demanda-t-elle, haletante.

— Mais oui, pourquoi ?

— Pour rien. Je t'embrasse très fort.

— Moi aussi. Tu nous manques. »

Quand elle s'était retrouvée dans le lit où Jean

l'attendait, Marie Pitanguy avait fini par oublier le rire de la folle. C'était le miracle des bras de Jean : ils avaient le pouvoir, dès qu'ils se refermaient sur elle, de presque tout effacer.

*

A vingt heures ce soir-là, aux abords du Palais Garnier, la foule envahissait la chaussée. D'immenses projecteurs balayaient, de leurs faisceaux dorés, l'avenue de l'Opéra, où toute circulation s'avérait impossible. Des rayons lasers sculptaient les splendeurs de la noble façade. Les badauds formaient une haie d'honneur sur l'esplanade, pour accueillir les invités. Ceux-ci, venus du monde entier — on attendait même Audrey Hepburn et la princesse d'Angleterre —, revêtus de leurs plus beaux atours, les hommes en habits, les femmes couvertes de bijoux, semblaient incarner les figurants d'un film à grand spectacle. Par petits groupes, aussitôt descendus de leurs voitures que des valets en livrée s'empressaient d'aller garer, les invités montaient lentement l'escalier d'honneur, tandis que crépitait le flash des photographes. Ces derniers, en rangs serrés, couraient de-ci de-là, affolés par tant de célébrités.

Au balcon, un orchestre tzigane jouait une musique qui résonnait jusqu'aux abords des magasins du Printemps. Des ouvreuses s'activaient à guider vers leurs places les nouveaux arrivants, tandis que les caméras des télévisions françaises, américaines et japonaises filmaient cette soirée que les observateurs étrangers s'accordaient à juger historique. L'on n'avait jamais vu autant de couturiers réunis au même endroit, en hommage à la mode française, sauf peut-être le jour où, pour la première fois, ils avaient eu les honneurs de l'Elysée. Des vedettes de l'écran, des écrivains, des peintres, des danseurs, des politiciens s'entassaient au bas des marches, surpris, bien qu'ils fussent par définition blasés, par l'ampleur de la fête. Tout au long des immenses escaliers, quatre cents jeunes femmes applaudissaient les invités, habillées de robes du soir de formes diverses mais toutes de la même couleur rouge. Un rouge éclatant, qui évoqua d'emblée à Marie Pitanguy, lorsqu'elle découvrit, suffoquée, cet horizon pourpre, la robe de Bethsabée. C'était sa couleur fétiche qui se déployait ce soir-là à l'infini le long des marches du Palais Garnier.

La soirée, certes, promettait d'être grandiose, on le savait depuis longtemps. Le Tout-Paris s'était voué dans l'ombre à une lutte sans merci pour obtenir des cartons d'invitation. Hélas, le Palais Garnier ne contenant qu'un nombre limité de places, les organisateurs craignaient, à juste titre, d'avoir froissé mortellement deux cents personnes. Jacques Rivère surgit au bras de la duchesse de Reyford, à présent divorcée, mais fidèle à son couturier. Comme un journaliste le pressait de questions, il répondit :

« J'ai toujours su que Marie Pitanguy était différente des autres assistants que j'ai eus. » Derrière le maître, Madame Fernande, à la retraite à présent, hocha la tête, l'œil noyé d'émotion. Apparut enfin la femme du président de la République, le ministre de la Culture, son épouse, et la doyenne des couturiers français, Mme Elis. Celle-ci, appuyée sur sa canne de vermeil, la tête cernée d'un turban incarnait à elle seule la majesté et la pérennité de la haute couture qui, ce soir-là, accédait au rang des Beaux-Arts.

« Ces Oscars, quelle bonne idée ! » murmura la vieille dame, songeant aux jours passés. Dans les années soixante-dix en effet, dès qu'une femme était intelligente, elle méprisait le falbala. L'époque avait changé !

Dans une robe noire qui mettait en valeur son teint pâle et ses cheveux roux, Marie Pitanguy monta l'escalier d'honneur entre Alex Solignac et Henri Vernet, tandis que froufroutaient autour d'eux les quatre cents robes rouges.

La simplicité quasi austère de sa mise contrastait avec les broderies luxuriantes, les volants, les nœuds, les voiles en cascade qui semblaient de rigueur ce soir-là.

« Paris revit », murmura Alex, songeur.

Quand ils parvinrent à l'orchestre, les photographes se bousculèrent en courant devant eux à reculons pour fixer l'image de ce trio que tout le monde attendait. Une ouvreuse guida Marie Pitanguy et ses compagnons vers les fauteuils réservés aux officiels.

« Vous vivez seule, Marie ? demanda soudain Alex, en donnant un large pourboire à l'employée du Palais Garnier.

— Non. » Elle rougit, comme prise en faute. Il lui sourit, et se pencha pour baiser la main d'une amie commune. Une fois assise, Marie parcourut la salle à l'aide d'une paire de jumelles. Elle reconnut, au hasard des placements, le visage de tous ceux dont elle avait croisé le chemin. Jacques Rivère, Madame Fernande, la duchesse de Reyford, la princesse Iris, Marc Ferrier, les Larange, Elvire Bibesca, David Harlet, ils étaient tous là, sauf Irène Reignant. A présent qu'elle avait signé avec Solignac, elle pouvait aider l'ex-directrice de *Narcisse*.

« Si nous engagions Irène Reignant pour diriger nos services de presse ? demanda-t-elle à Solignac qui parcourait le programme.

— Elle a tendance à donner un peu vite sa démission, non ?

— Il faut l'aider, Alex. Il le faut. »

Solignac examina une seconde le visage ferme de sa voisine, nota la dureté de ce regard braqué sur la scène, son air farouche. Vaincu, il sourit :

« Alors, nous l'aiderons.

— Irène Reignant ? Ce nom me dit quelque chose », s'écria Henri Vernet, toujours un peu distrait et perdu dans sa tour d'ivoire.

Au loin, Marc Ferrier improvisait une conférence de presse. Pour intéresser les journalistes, il annonça que sa vieille mère était mourante. Heureusement, le président Reagan possédait un antibiotique qu'on lui faisait parvenir par avion spécial. Chacun prenait des notes, tout en s'esclaffant, mais avec Marc Ferrier, on ne savait jamais.

Pendant ce temps, Irène Reignant, habillée en Marie Pitanguy, gravissait seule les marches du Palais.

Sa défaite étant désormais publique, elle eut le loisir de compter au fil des marches, avec le nombre

de sourires et de poignées de main, ses vrais amis.
Les autres, plutôt que de la saluer, ou même de lui
sourire, lui tournèrent le dos prestement. Face à
ceux qui l'adulaient la veille et soudain, sur son
passage, se volatilisaient, comme une bande de
moineaux effarouchés, Irène découvrait les revers
cachés de ce jeu cruel dont elle avait fixé les règles.
Heureusement, si la troupe qui entourait Jacques
Larange et son épouse, au balcon, grossissait à vue
d'œil, certains eurent pour Irène un geste, un mot,
un sourire d'amitié. Alex, par exemple, la voyant
surgir seule à l'orchestre, se leva aussitôt pour
l'accueillir. Comme Larange s'approchait pour lui
serrer la main, Alex lui tourna le dos ostensible-
ment.

« Venez, madame, dit-il à Irène qui souriait d'un
air traqué, nous vous attendions.

— Merci », dit-elle d'une petite voix. Et d'une
certaine façon, il la sauva. Elle releva derechef les
pans de sa robe Pitanguy — le numéro 53, Requin
des Boulevards — et suivit le magnat de la mode.
Aussitôt, Marc Ferrier se dirigea vers elle, et la
rangée des officiels.

Marie Pitanguy, qui se levait pour embrasser
Irène, en jetant un regard reconnaissant à Solignac,
se tourna soudain vers Marc Ferrier et reconnut sur
le visage du jeune homme le masque de l'impos-
ture.

« Inutile de perdre votre temps, dit-elle, personne ne vous photographie. »

Décontenancé, Marc Ferrier fit volte-face pour
rejoindre Jacques Larange, sans demander son
reste. En Parisienne accomplie, donc prudente,

214

Clémence Larange fit de loin un geste d'amitié à Marie Pitanguy tout en embrassant Marc Ferrier. A Paris, tout le monde et n'importe qui pouvait, demain, rendre service à son mari. Soudain, l'obscurité se fit. Sur l'immense scène, un journaliste, la gorge nouée par l'émotion, mais qui retrouva vite son aisance et les ficelles du métier, salua l'assistance, félicita les femmes pour leur élégance et rendit hommage aux millions de téléspectateurs. « La mode française, enfin, retrouve sa vraie place, dit-il, et tous les arts revivent à Paris. » Un frémissement parcourut l'assistance, et quelques écrivains, des peintres, une chorégraphe, des musiciens, quelques danseurs étoiles songèrent qu'en effet ils avaient de la chance de vivre en France cet été-là et toutes les années qui suivraient.

Puis, le journaliste, aidé d'une jeune femme au sourire empoté, ouvrit la première enveloppe pour lire enfin, dans un silence religieux, le nom du lauréat :

« Meilleur couturier français : Henri Vernet », dit-il enfin.

La salle fut parcourue d'une onde joyeuse, et une salve d'applaudissements salua le grand jeune homme qui se leva pour rejoindre la scène, tandis qu'Alex Solignac, près de Marie Pitanguy, souriait dans l'ombre.

*

Quand le nom de Marie Pitanguy résonna dans la salle du Palais Garnier, amplifié par les micros, et que d'autres applaudissements saluèrent l'Oscar de la meilleure collection de l'année, Marie Pitanguy se recroquevilla sur son siège, épouvantée à l'idée de se lever, de franchir les rangées de fauteuils et de gravir l'estrade qui menait sur la scène. C'était autrement plus difficile que de monter sur le comptoir, hôtel des Voyageurs, en chantant pour les marins. Elle eut un vertige, et pensa à Jean. Ce fut à cet instant-là qu'il lui manqua terriblement. Ensuite, tandis qu'Alex se penchait pour l'embrasser, ému, et que Mme Elis murmurait : « Ah s'il y avait eu des Oscars de mon temps ! » Marie reprit des couleurs. Elle imagina qu'elle portait la robe rouge de Bethsabée. Que Marie-Louise l'observait. Ceux qui l'acclamaient, pour finir, n'étaient ni plus ni moins effrayants que les renégats du port. Ils avaient eux aussi leurs petits soucis, des ennuis de santé, la nuit, parfois, ils se levaient pour boire un verre d'eau, examinant leurs visages fripés par l'insomnie dans le miroir de leurs salles de bains. Alors, sans trembler, la tête haute, le sourire clair, elle se dirigea vers la scène sous les bravos, et gravit avec naturel les marches menant vers les autres lauréats qui, déjà consacrés, l'attendaient, leurs Oscars en cristal Lalique à la main. « Je vous remercie tous, dit-elle au micro, et je remercie le Commandant, Marie-Louise et Bethsabée. »

Elle se tut trop émue pour continuer.

« Bethsabée, n'est-ce pas une marque de parfum ? » demanda à son voisin Elvire Bibesca, la diva de la presse italienne.

Marie Pitanguy domina son trac et reprit enfin :

« J'espère ne pas perdre ce que j'ai et qui vous plaît aujourd'hui. »

Puis, du bout des doigts, elle envoya un baiser à l'assistance, espérant qu'il atteindrait l'hôtel des Voyageurs, et ses amis.

Solignac la rejoignit sur la scène, et après avoir fait l'éloge de la mode française, il annonça que Marie Pitanguy s'associait désormais au groupe Vernet. Mme Elis donna le signal des applaudissements, et comme Henri Vernet s'approchait pour embrasser Marie Pitanguy afin de sceller publiquement leur accord, la salle se mit à trépigner. Puis, tandis qu'Alex regagnait son siège, et que le journaliste passait à la nomination du meilleur créateur étranger, Vernet glissa à l'oreille de Marie : « Vous avez gagné. »

Puis il l'entraîna vers le fond de la scène où se tenaient les autres lauréats. La prophétie de Marie-Louise et du Commandant s'était réalisée.

*

Le lendemain matin, vers les dix heures, Marie fut réveillée en sursaut par la sonnerie de l'entrée. Où donc était Pépita ? Puis, elle se souvint que la femme de ménage prenait ses vacances en août. Elle sauta hors du lit, passa son peignoir en soie beige — un cadeau de Jean — et courut vers la salle de bains pour se coiffer, se rafraîchir, sûre que son visiteur serait parti lorsqu'elle consentirait enfin à lui ouvrir.

« J'arrive ! » cria-t-elle dans le couloir de l'entrée. Lorsqu'elle entrebâilla la porte, elle ne vit d'abord que les roses. Des roses thé. Ses roses préférées. Elle ne l'avait avoué qu'à deux hommes, Jean et le Commandant. Lequel d'entre eux se manifestait de si bon matin ? Le livreur souriait derrière ses fleurs. « Toutes mes félicitations, madame Pitanguy, je vous ai vue à la télévision hier soir », dit-il en s'inclinant. Elle le remercia, et saisit l'enveloppe que le garçon lui tendit d'un air complice. « Pourriez-vous signer cette carte pour ma mère ? dit-il timidement, elle s'appelle Jeanne. Elle adore la mode, et tous vos vêtements. »

Marie s'exécuta de bonne grâce. Avec l'Oscar elle était devenue célèbre. Il la remercia, et elle referma la porte pour enfouir son visage parmi les fleurs. Le dos contre la porte, elle songea que Paris, bientôt, serait désert. Sans Jean, le 15 août, où irait-elle ? Elle se dirigea vers le salon, posa les roses dans un vase, et déchira l'enveloppe, découvrant avec surprise qu'elle tremblait. La fatigue de la veille, sans doute. Le télégramme disait simplement :

« Nous préparons une grande fête aux Voyageurs en ton honneur. Viens vite. Bravo. Marie-Louise et le Commandant. »

Elle se laissa choir sur le canapé. Qu'aurait-elle fait de son succès, sans eux ? Elle tenta de les imaginer tous les deux. Avaient-ils changé depuis toutes ces années ? L'hôtel de la rue de la Soif, modernisé, était-il devenu l'une de ces bâtisses qui se ressemblent toutes avec des chambres identiques, les mêmes doubles rideaux, le poste de radio près du lit, sous le chevet ? Pour elle, le Commandant inviterait tous les marins du port, et ce serait la plus belle fête jamais vue de mémoire de Marie-Louise. Elle se dirigea vers la cuisine. Elle eut à peine le temps de disposer la tasse et le sucrier sur un plateau que le téléphone sonna. C'était Jean. Ce ne pouvait être que lui. Les autres appelleraient, pour la féliciter, mais plus tard. Tous ceux qui l'avaient accompagnée, la veille, à l'Opéra savaient qu'elle s'était couchée à trois heures du matin, après le grand souper dans les foyers, avec Alex et Henri Vernet. Ensuite, ils l'avaient entraînée avenue Montaigne, où des amis, des journalistes, les attendaient. La fête avait duré longtemps. Elle s'était sentie obligée de rester jusqu'au départ du dernier invité. N'était-elle pas, aux côtés de ses nouveaux associés, la maîtresse de maison ?

« Marie ? C'est Jean. Je suis fier de toi.

— Merci.

— C'est formidable.

— Tu crois ? »

Elle se sentit heureuse, enfin. Sans les compliments de Jean, sa victoire n'eût pas été complète.

« Marie, je ne sais comment me faire pardonner.

— N'en parlons plus. »

Elle s'étonnait de son calme, de sa retenue. Il devait avoir en mémoire la femme furieuse qui l'avait agressé. Il l'avait frappée, certes, mais c'était elle qui avait commencé. Elle toucha son nez. Il ne lui faisait plus mal du tout.

« Marie, j'ai besoin de toi.

— Moi aussi, mais on verra. »

Elle observa le plafond. Intéressantes, ces rosaces, ces volutes. Comme une broderie hors du temps. Combien de couples s'étaient séparés, réconciliés, sous ces lambris ? Elle joua avec le fil du téléphone. Contempla ses doigts de pieds. Le vernis rouge vif semblait impeccable. La cheville fine, le mollet, quoique maigre, galbé. Cela pouvait aller. Elle fit un effort pour reprendre le fil de leur conversation. On lui parlait. Jean lui parlait. C'était de la plus extrême importance, ce qu'il lui disait. Vraiment ?

« Ecoute Jean, l'interrompit-elle, je préfère qu'on ne se voie plus pendant quelque temps.

— Tu es folle ?

— Oui.

— On n'envoie pas tout promener comme ça.

— Si. »

Il se taisait. Elle se leva, l'écouteur bien calé sur l'épaule. Dans la cour, un marronnier, au faîte de sa splendeur, prenait toute la place au soleil de l'été. Oui, elle était folle de le quitter. Bientôt, dans quelques mois, quelques années, elle aurait quarante ans. Pas d'enfant de Jean, et sans Jean, personne à qui parler. Mais était-ce sa faute si Jean, à force de lui manquer, comme Henri Pitanguy, jadis, avait fini par disparaître ? Dessiner, inventer d'autres robes, des jupes, des manteaux, des chapeaux, semblait la protéger de toutes sortes d'absences. Et cette joie, peu d'hommes ou de femmes avaient la chance de l'éprouver. C'était une joie très rare, une joie dont elle était née.

« Tu sais, Jean, je t'aime beaucoup, dit-elle avec tendresse.

— Toujours ton maudit orgueil. »

Elle se retourna et se regarda dans la glace, sans indulgence. Examina, vingt ans après sa fuite de

Lorient, les rides naissantes, les poches sous les yeux, les cheveux blancs que révélait la lumière du matin. Pourtant, elle n'avait pas peur. « On ne vieillit pas quand on fait ce qu'on aime », lui avait dit le Commandant. Une autre fois, il l'avait appelée pour lui raconter un rêve : Marie était une vieille dame, elle avait le même visage, des lunettes, des cheveux mousseux, tout blancs. Ouvrant la porte du bar, hôtel des Voyageurs, elle lui avait dit, en souriant : « Vous vous rendez compte, toutes ces robes, ces jupes, ces écharpes qu'il me reste à dessiner ? » Sur le moment, Marie n'avait pas compris. Et puis ensuite, pensant au rêve du Commandant, elle jubilait souvent. Et les dollars, le contrat, les Oscars ? Cela n'importait pas vraiment. L'amusant, le rare, l'extraordinaire, c'était de se donner naissance. De surgir à soi-même. De sortir quelque chose de soi-même. Et ce quelque chose, parfois, c'était soi, vraiment soi. Et on respirait mieux, et on marchait plus droit. On avait peur bien sûr, encore, parfois, le soir, sans Jean, mais ces petites terreurs semblaient de peu de poids. C'est ce que j'aime tant chez les êtres et que tous les gens n'ont pas, se dit-elle songeuse. Et je sais à présent comme c'est difficile, et fatigant. Pour eux, comme pour moi.

« Que dis-tu ? »

Elle avait fini sa phrase tout haut, sans le vouloir.

« Jean, reprit-elle, j'ai besoin de me reposer. Je pars pour Lorient.

— Pas toute seule, j'imagine ».

Toujours cette naïveté des hommes. Comme si elle n'avait pas tout fait toute seule.

« Je vais voir mes amis, hôtel des Voyageurs.

— Les tenanciers du bordel ?

— Ne sois pas vulgaire.

— Excuse-moi.

— Tu es tout excusé.

— Tu m'appelles dès ton retour ?

— Promis. »

Oui, elle l'appellerait. Ou elle ne l'appellerait pas. On verrait bien. Elle attendit pour reposer l'écouteur que Jean eût raccroché. Bizarre : elle n'y pensait pas d'habitude. Question de politesse. Puis, elle brancha le répondeur. Elle ne voulait plus être dérangée. Elle s'étira paresseusement, dans le soleil qui à présent inondait la pièce.

Après tout, c'était encore l'été. Elle se pencha et saisit sa chemise de nuit qu'elle ôta d'un seul geste, bras levés par-dessus la tête. Toute nue, elle se dirigea vers la cuisine, en chantonnant. Demain, elle partirait. C'était décidé. Elle ouvrit le réfrigérateur, fit griller une tranche de brioche. Pressa une orange. Puis, saisissant le plateau du petit déjeuner, elle s'installa au salon, devant les roses du Commandant. Jamais il ne lui avait fait faux bond, le patron. Soudain, son regard tomba par hasard sur le portrait de Juliette, oublié l'avant-veille, quand Jean l'avait entraînée vers la chambre. Marie examina la photo de sa mère, qui souriait, et lui rendit son sourire, sans arrière-pensée. Puis, toujours nue, et sans l'ombre d'un regret, ou d'un remords, au beau milieu d'un rayon de soleil qui s'attardait parmi les fleurs, elle entama son premier repas de la journée.

Troisième partie

Le 10 août, Marie Pitanguy arriva à Lorient par le rapide en provenance de Paris. Le train entra en gare à minuit. Le Commandant, auquel elle avait téléphoné pour annoncer le jour et l'heure de son arrivée, l'attendait sur ce même quai où, vingt ans plus tôt, il l'avait quittée. Lorsqu'elle le reconnut, dans la foule des touristes, elle crut à un mirage. La vie, pour finir, n'était-elle qu'illusion, trompe-l'œil ? C'était comme si rien ne s'était passé, comme si elle se réveillait après un long sommeil. Mais quand elle descendit du compartiment des premières classes, avec son tailleur, son visage lumineux, ses bagages luxueux — et nombreux, car à la demande de Marie-Louise elle avait emporté presque toute sa garde-robe —, le Commandant baissa les yeux. Il lui fallut quelques secondes pour tutoyer cette femme élégante, sûre d'elle, dont le sourire lui rappelait celui qu'il avait admiré dans la presse locale, depuis la soirée des Oscars.

Quant à Marie, elle fut troublée de constater que malgré les cheveux blancs qui donnaient un surcroît de douceur au visage du Commandant, et les lunettes qu'il semblait porter tout le temps, au fond, il n'avait pas changé.

« Bravo, Princesse », dit-il simplement en lui donnant l'accolade.

Elle lui sourit, et rougit. Lui aussi. Toujours la même histoire : ils se savaient proches l'un de l'autre à en pleurer, et cette intuition, loin de les rapprocher, les éloignait l'un de l'autre par une pudeur aussi forte que leur mutuelle affection. Par nature, le Commandant se méfiait de ses propres réactions. Marie Pitanguy aussi. D'une certaine manière, ils semblaient avoir dans la vie des comportements similaires. Je n'aime que lui, songea-t-elle, en marchant derrière cet étranger auquel elle songeait constamment à Paris.

« Dépêchons, Marie-Louise nous attend », dit le Commandant en se tournant vers la voyageuse. Comme il portait ses valises, elle pouvait cheminer mains dans les poches, admirer le ciel de Lorient, les étoiles, respirer l'air vif qui réveillait en elle une foule de sensations oubliées.

Dans une Ford rose fuchsia toute cabossée, la patronne écoutait la radio. Elle ouvrit brusquement la portière et prit Marie dans ses bras.

« Justement, ils parlaient de toi, de ta dernière collection. Comme je suis contente, Marie, comme je suis contente... »

Quand elles se séparèrent enfin, le Commandant s'installa au volant.

« Toujours un beau parc de voitures à votre disposition, Commandant », plaisanta Marie Pitanguy assise près du conducteur. Derrière eux, Marie-Louise ouvrait déjà les bagages de la revenante pour le plaisir de tâter les étoffes, de humer les parfums coûteux.

« Tu sais, moi et les voitures », murmura le patron de l'hôtel.

Elle posa la tête sur son épaule, sans y penser, sans même songer à l'effet que ce geste d'abandon pouvait produire sur Marie-Louise, qui, derrière elle, s'exclama :

« Ce que tu as l'air distingué ma fille à présent ! »

Rue de la soif, le Commandant gara la Ford rose et ils en sortirent tous les trois bras dessus, bras dessous. Pourquoi avait-elle tant tardé à revenir hôtel des Voyageurs se demanda-t-elle gagnée par un bien-être indolent. C'était bon d'être prise en charge, de n'être rien que cette fille qui s'inclinait devant la volonté du Commandant, et fondait face au cher visage de la patronne. Marie-Louise arborait son éternelle robe noire, ses bas résille, et même si elle semblait, avec l'âge, avoir renoncé aux décolletés provocants, au rouge à lèvres, elle continuait à en imposer, c'est-à-dire qu'elle ne ressemblait à personne. Malgré les années, ses larges yeux continuaient de se promener à toute vitesse sur le spectacle du monde. Devant la façade modeste recouverte de lampions, des marins fumaient par petits groupes, et leurs bérets à pompons émurent la Parisienne. Dans le hall, elle découvrit que tout avait changé. On avait reconstruit le comptoir d'accueil, le tableau des clefs avait disparu, remplacé par des casiers pour le courrier des clients. Sur les murs, une peinture criarde la fit cligner des yeux.

Dans la salle du bar, des cris, une bousculade saluèrent leur arrivée. Des filles abandonnèrent leurs tabourets, au comptoir, pour venir les acclamer, les hommes qui buvaient, jouaient aux cartes ou conversaient, l'air renfrogné, agglutinés devant un nouveau *juxe-box,* s'approchèrent pour voir de près Marie Pitanguy, dont les patrons leur avaient parlé.

Elle parcourut la salle du regard, et s'étonna que l'espace fût plus restreint qu'elle ne l'avait imaginé. Avec les chaises et les tables en formica orange, les appliques qui distribuaient, sur les murs crépis à la chaux, une lumière rouge, le bistrot évoquait de manière touchante le confort dit moderne, quand on remplace le bois par le plastique pour faire plus chic. Comme un capitaine regagne la passerelle, le Commandant se dirigea derrière le comptoir après avoir fait un détour par le *juke-box* dans lequel il glissa des pièces de monnaie. Aussitôt la voix puissante de Piaf couvrit celle des marins et des prostituées. De rares touristes, regrettant de s'être aventurés dans un lieu mal fréquenté, et qui buvaient, le dos tourné au bar, décidèrent de s'en aller. Les hommes qui débarquaient des navires le jour même se mirent à rêver.

« On peut bien rire de moi, je ferais n'importe quoi si tu me le demandais... »

Pas vrai, pas vrai, se dit Marie qui pensait à Jean. Les marins aimaient la chanteuse et se turent pour l'écouter. Longtemps après sa mort, elle parvenait à leur faire croire que dans un pays éloigné où ils auraient la chance d'aborder, une femme, bien vivante celle-là, finirait un jour par les

228

aimer. Des bras se tendirent pour pousser un tabouret devant Marie, des mains posèrent sur le zinc un calva, de l'eau, un jus d'orange, afin qu'elle pût choisir, une fille ouvrit *Le Télégramme de Brest* et montra à la ronde la photo de la couturière. « C'est pas tous les jours qu'on voit des gens célèbres », s'écria un homme chauve, en tricot rayé, le visage criblé de petite vérole, qui postillonnait dans le visage de Marie. « A boire pour tout le monde », dit un quartier-maître en uniforme, auquel il manquait deux dents sur le devant. Marie ne reconnut aucun des visages qui lui souriaient.

« Mais où sont donc Sarah et Bethsabée ? » demanda-t-elle à Marie-Louise qui tenait par l'épaule une brune sanglée dans une robe de cuir violet. La patronne raconta. Sarah avait attrapé une sale maladie avec un type — ou plusieurs — et dans un hôpital de Rennes, elle se remettait lentement. Bethsabée, par chance, elle, avait trouvé sur le tard un homme et un foyer.

« Elle revient de loin dit la patronne, à un moment donné j'ai bien cru qu'elle était fichue. »

Pourtant, selon Marie-Louise, il ne fallait pas s'étonner du sort heureux de Bethsabée. Quand on avait des dons, on ne faisait pas de vieux os dans le métier.

« T'es la préférée, alors », plaisanta soudain une blonde décolorée en donnant un grand coup de coude à Marie qui songeait avec tristesse à Sarah. La couturière rougit. Ce mot lui fit mal, en même temps, elle fut émue que l'entraîneuse l'eût prononcé.

« Tu vois bien qu'elle est fatiguée », gronda

Marie-Louise en jetant un regard furieux à la blonde qui haussa les épaules. Derrière le comptoir, le Commandant poursuivait une conversation animée avec deux dockers, comme s'il avait oublié la présence de Marie Pitanguy. Elle mourait d'envie qu'il se tournât vers elle. Evidemment, songea-t-elle, il sait que je ne fais que passer. Il se prépare déjà à mon absence. Elle comprenait : à sa place elle en eût fait autant. Dans trois jours tout au plus, n'allait-elle pas le quitter ?

« Excusez-moi, je vais me coucher », dit-elle en se levant.

La blonde, qui semblait avoir de l'autorité, et flirtait avec un sous-officier, s'approcha de Marie qui prenait congé.

« On dit que vous êtes célèbre dans la mode, à Paris.

— Il paraît.

— Vous pourriez pas nous montrer vos sapes, demain, avant la fête ?

— Avec plaisir.

— Mais fiche-lui donc la paix, s'interposa Marie-Louise, tu vois bien qu'elle est fatiguée.

— Dors bien, Princesse », ajouta le Commandant. Les deux costauds qui conversaient avec le Corse s'inclinèrent courtoisement, en hommes du monde. Elle serra la main du sous-officier qui faisait la cour à la blonde, et reconnut, non sans émotion, l'uniforme d'Henri Pitanguy. Que devenait le père ? Sans doute vivait-il, près de Juliette, une paisible retraite. Au fond, Henri Pitanguy était un type formidable. Si seulement elle n'avait pas été sa fille, elle aurait couru vers l'Impasse, pour l'inviter à la fête des Voyageurs, car il ressemblait aux habitués. Le Commandant l'aurait apprécié. Ne vivait-il pas entouré des meilleurs marins de la rade ? Henri Pitanguy, qui avait sillonné toutes les mers, n'aurait-il pas eu des histoires à raconter, le soir et jusque fort tard dans la nuit, aux hommes qui buvaient debout dans l'obscurité, accoudés au bar comme ils s'appuyaient au bastingage des navires ? Irait-elle revoir les siens, dans l'Impasse, avant de rentrer à Paris ? Aurait-elle le courage de les affronter ? Allait-elle un jour téléphoner à Jean ? Elle y songeait, tout en observant le Commandant qui riait, les bras croisés sur la poitrine. Malgré les signes de l'âge, les cheveux blancs, les lunettes, on voyait toujours la même fossette sur le menton carré quand il souriait. Il alluma une cigarette, et Marie admira ses doigts fins. Ce qu'il y avait de plus beau chez un homme, c'était les yeux et les mains. Elle espérait encore attirer l'attention du Corse, mais il semblait l'avoir complètement oubliée.

Toute sa vie, n'avait-il pas été distant, peu loquace ? Pourtant, elle aurait voulu qu'il lui manifestât plus d'affection. Cette idée la troubla, tandis qu'elle rejoignait les chambres du haut, près de Marie-Louise. La patronne lui expliqua que pour la fête du lendemain, tous les marins étaient prévenus. Dans les bistrots du port, la nouvelle circulait que le 12 août, aux Voyageurs, ce serait une nuit mémorable, une fête comme de mémoire de Breton on n'en avait encore jamais vue. Le Commandant avait tout prévu. Du muscadet à volonté — une fois n'est pas coutume —, du calva au tonneau, des rillettes et du saucisson, sans oublier les guirlandes au plafond. Marie-Louise se lèverait à l'aube, pour ranger la salle du bistrot, les filles mettraient leurs tabliers du dimanche, on pousserait les chaises et les tables contre le mur, pour danser. Marie voulut parler d'argent mais Marie-Louise l'arrêta tout net. « Et ton investissement ? » dit Marie Pitanguy en riant.

« J'ai tout récupéré, avec les intérêts, quand je te vois », dit la patronne.

A l'étage, Marie-Louise évoqua la mauvaise humeur du Commandant. Il n'était pas facile à vivre, enfin, chacun portait son fardeau. Marie tourna la tête dans l'espoir de reconnaître la chambre 27 mais les numéros semblaient avoir changé.

« J'ai fait abattre des cloisons, refaire des tuyauteries, dit la patronne en poussant une porte. Tiens, poursuivit-elle, prends donc ma chambre, c'est la seule où tu ne seras pas dérangée.

— Merci. »

Marie ouvrit son sac et montra à Marie-Louise le chèque d'Alex.

« C'est pour nous, dit-elle.

— C'est à toi, tu veux dire ! » Marie-Louise, émue, serra la couturière dans ses bras. La patronne se laissa ensuite tomber sur le lit pour contempler Marie qui défaisait ses bagages.

« J'ai apporté vingt robes, dix jupes, cinq pantalons et quinze blouses de soie, annonça Marie. Comme ça, tu pourras tout regarder et garder ce que tu voudras.

— Formidable ! » La patronne tâtait déjà les

étoffes, intimidée par les matières soyeuses, les tissus veloutés.

« A propos, tu n'aurais pas gardé la robe que Bethsabée m'avait donnée, par hasard ? demanda Marie en installant, sur l'étagère au-dessus du lavabo, des produits de beauté.

— Ouvre un peu l'armoire. »

Marie courut vers une housse de plastique à fleurs roses. Elle tira sur la fermeture à glissière pour découvrir, au milieu des portemanteaux qui attendaient ses vêtements, impeccable, fraîchement repassée, la robe de sa jeunesse.

« Et si tu la mettais demain pour la fête ? »

Marie-Louise jubilait, heureuse de lire une telle joie sur le visage de son amie. La couturière serrait contre elle le vêtement fétiche, comme si elle parvenait à peine à croire au miracle de l'avoir retrouvée après toutes ces années.

« Chiche ! »

Elle s'assit près de Marie-Louise, la robe rouge étalée sur leurs genoux.

*

Quand Marie Pitanguy ouvrit les yeux le lendemain, il lui fallut faire un effort pour se souvenir de l'endroit où elle se trouvait. Ne reconnaissant ni le confort de sa chambre parisienne, ni l'ambiance feutrée d'un palace, elle pensa aussitôt à Jean, tâtant selon ses habitudes la place vide près d'elle, dans l'espoir d'un miracle. Puis sortant des brumes du sommeil, elle se souvint. Elle s'adossa aux oreillers et contempla la chambre de Marie-Louise.

Le cri d'une mouette, au loin, la confirma dans le sentiment délicieux qu'elle éprouvait d'être revenue chez elle, enfin. Elle se leva et courut vers la fenêtre pour ouvrir les volets. Ni la rade ni la voie ferrée ne semblaient avoir changé. Elle sourit à la robe rouge qui, étalée sur un fauteuil, lui rappela qu'aurait lieu le soir même en son honneur la fête des Voyageurs. Assise sur le lit, elle contempla la méchante cretonne aux fleurs passées, et le lavabo qui, près de la fenêtre, se cachait à demi derrière un paravent de plastique. Le tapis à franges, usé, était criblé de brûlures de cigarettes. Les doubles rideaux aux fleurs assorties à celles du dessus de lit semblaient trop minces pour qu'elle pût s'y cacher, comme elle le faisait jadis, quand Marie-Louise lisait, aux marins en perdition, les lignes de la main. Elle rangea la robe rouge, et après sa toilette, s'habilla en toute hâte d'un pantalon de velours et d'un cardigan noir. Elle brossa ses cheveux roux, et quitta la chambre. A huit heures du matin, tout le monde dormait encore. Elle descendit l'escalier ses chaussures à la main, la clef dans sa poche, et se retrouva dehors, rue de la Soif, par un de ces jours d'été où malgré la chaleur, le ciel est bas, comme souvent en Bretagne. Elle se dirigea vers le port et marcha longtemps sur la jetée. Elle contempla le mouvement des navires, écouta le cri des mouettes, observa les hommes qui, partout déjà, s'activaient sous les grues, sur les quais. Ployés par l'effort, ils déchargeaient les bateaux de leur cargaison et elle les reconnut. C'était d'autres hommes, mais la même scène, qu'enfant, elle avait vécue. Elle huma l'odeur âcre du poisson, visita les immenses hangars, et le vent du large emplissait ses poumons. Pour finir, elle s'installa sur un tas de filets, admirant l'horizon. Les coups de sifflet, le grincement des machines, les odeurs fortes, le remue-ménage du port, tout la réjouissait.

Dans un taxi, passant à toute vitesse devant le Bon Coin, elle découvrit un chantier. Face au pont de Lanester, et à la villa blanche, elle n'éprouva rien. Quand la voiture longea les quartiers ouvriers, elle aperçut les premiers immeubles de l'Impasse.

« Vite, on m'attend pour déjeuner », dit-elle au chauffeur, le cœur serré.

Le Central avait été remplacé par une brasserie ultra-moderne où l'on avait l'impression, rien qu'à voir ceux qui entraient, que ce n'était pas un club réservé à une élite, que Lorient avec le temps, avait aboli ses castes.

Aux Voyageurs, Marie-Louise l'attendait. Comme d'habitude, le bistrot, à cette heure de la journée, n'incitait guère à la gaieté.

« Les filles voudraient voir tes trésors, dit la patronne.

— J'ai une idée », répondit Marie. Puis en montant les marches qui menaient vers sa chambre elle cria : « Dis-leur de me rejoindre, on va présenter une collection de haute couture !

— Ça alors ! » dit Marie-Louise, épatée.

*

A sept heures ce soir-là, Marie descendit dans la salle de bistrot pour veiller avec Marie-Louise aux derniers préparatifs de la fête. Les lumières tamisées, les guirlandes au plafond, le buffet, recouvert de torchons sur lesquels la patronne et les serveuses avaient aligné rillettes et pâtés, la réserve de muscadet, tout semblait à sa place. Le Commandant avait exigé que le comptoir fût nettoyé, qu'une applique fût posée au-dessus de la carte du monde, et il avait même consenti à descendre son vieux pick-up et des disques de jazz, car il possédait, ce que nul ne savait, une collection rare d'albums anciens qu'il écoutait seul, chez lui, l'après-midi.

Marie-Louise avait revêtu sa robe d'apparat, en satin noir. Les épaules recouvertes d'un large châle noir lui aussi, maquillée, parfumée elle allait et venait, avec les serveuses, qui arboraient un tablier propre, et donnaient une dernière touche au décor. Pour une fois, l'on avait demandé aux clients de ne venir qu'à neuf heures. Sur la porte, le Commandant avait suspendu une affiche, qu'il avait peinte lui-même, et qui, sous l'effigie du drapeau des pirates, exigeait que les invités voulussent bien ne pas se présenter avant l'heure. Marie-Louise attendait ses habitués, bien sûr, plus quelques inconnus, des hommes à la retraite qui fréquentaient d'autres cafés, mais qui, alertés par la nouvelle, ne manqueraient pas de se presser, pour une fois, dans la salle enfumée.

« Bon. tout est prêt. Je vais me changer. »

Marie Pitanguy se dirigea vers l'escalier tandis que surgirent, dans la pénombre, les premiers invités. C'était un marin aux joues et au pompon rouges accompagné de sa fiancée, une blonde au sourire peu farouche, qui faisait, d'après Marie-Louise, le tapin dans un bar voisin.

Le Commandant leur servit un Martini avec des glaçons, l'apéritif des dimanches, et pour créer une certaine ambiance, posa sur son pick-up un disque de Billie Holliday.

« *You are my joy and my pain*, soupira-t-il en battant la mesure sur le zinc.

— Parce que vous parlez anglais, à présent ? s'étonna Marie.

— Tu ne sais pas tout, Princesse ! » Le Corse souriait, énigmatique dans son éternel col roulé marine et la veste à boutons dorés qu'il portait le soir quelle que fût la saison.

Marie lui rendit son sourire, et gagna le bureau du patron. Le Commandant avait accepté en effet de prêter aux filles, pour l'occasion, ce réduit où personne, d'habitude, n'osait entrer.

Transformée en cabine d'essayage, en harem baroque, la pièce du Commandant semblait méconnaissable. Par terre, gisaient toute la garde-robe de Marie Pitanguy, ses propres modèles, plus ceux de grands couturiers qu'elle aimait. Robes, jupes, sacs, pantalons, chapeaux, chaussures à talons s'étalaient sur le linoléum. Assises sur le bureau du Corse, debout, toutes nues, ou en combinaison de nylon, les protégées de Marie-Louise gloussaient en se maquillant. Dans l'après-midi, dix d'entre elles avaient pu choisir, dans la chambre du haut, avec Marie, le modèle « couture » qui leur allait. Quant à celles qui, soit par leur imposante stature, soit par leur tour de taille, n'avaient pu revêtir l'un des vêtements de Marie

Pitanguy — et Dieu sait si elle avait transporté à Lorient, pour faire plaisir à Marie-Louise, une garde-robe variée — elles n'avaient pas été oubliées pour autant. Sous le regard admiratif de la patronne, Marie leur avait distribué des bérets, des turbans, des chapeaux, des calotes prodigieuses.

La grande Lulu, toute en jambes, juchée sur des escarpins de chez Dior, se pavanait, ravie, dans le modèle 22 de la collection Pitanguy. Quant à Zaza, elle avait préféré, vu sa petite taille, le numéro 23, cette robe en soie fuchsia qu'avait choisie la princesse Iris pour la couverture de *Narcisse*. Ludmilla, la remplaçante de Bethsabée, dont les cheveux blonds, coupés à la garçonne, ne manquaient pas de chien, se promenait en petite culotte et soutien-gorge à dentelles noires, en jouant avec la chaîne dorée d'un sac Chanel. Carla, une rousse de Quimperlé, aux hanches larges et aux mollets puissants, juchée sur des talons aiguilles, devait faire la première son entrée dans la salle, simplement revêtue d'un long cardigan marine.

« T'es drôlement gironde », décréta Ludmilla dont les yeux charbonneux s'adoucissaient à présent lorsqu'elle parlait à la couturière. Marie, en effet, venait de revêtir la robe rouge, la robe du scandale, qu'elle s'étonna de pouvoir passer aussi facilement. En vingt ans, son corps avait donc si peu changé ? Si la couleur semblait un peu défraîchie, le décolleté plongeant, les manches resserrées aux poignets, la fente sur le côté possédaient toujours la même allure provocante.

Les prostituées se massèrent autour de Marie

tandis qu'elle leur donnait ses dernières instructions.

« Vous entrez toutes ensemble, derrière Carla, et je surgirai en dernier.

— Mais dans les vrais défilés, à la fin, il y a toujours une robe de mariée! » l'interrompit Ludmilla assise dans le fauteuil du Commandant, et qui ajustait une broche en or.

Marie s'approcha de l'adjointe de Marie-Louise et répondit tout bas :

« Pour une fois, la mariée sera en rouge, et après?

— Quand on fait un défilé de mode, on le fait jusqu'au bout, grommela l'entraîneuse.

— Elle est pourtant vachement bath, dans ses sapes de pute, la Parisienne! l'interrompit Carla qui, toujours nue sous son cardigan de cachemire, signé Pitanguy, mourait d'envie de rejoindre les hommes et redoutait de plus amples discussions.

— Allons-y », dit Marie.

Maquillées, coiffées, habillées de modèles signés par les meilleurs couturiers français, les filles de joie se turent soudain, intimidées par le spectacle qu'elles allaient donner. Porter ces vêtements coûteux leur conférait une sorte d'élégance, que chacune d'entre elles vérifiait sur sa voisine, et que toutes regrettaient de ne pouvoir immortaliser grâce à l'œuvre d'un photographe.

« Si mon jules me voyait! » soupira Zaza qui mâchait son chewing-gum du matin au soir.

Marie lui fit un clin d'œil et ouvrit brusquement la porte capitonnée. La fumée, le bruit, les rires de la salle couvrirent les derniers mots des filles.

Comme des oiseaux enfin remis en liberté, criant et riant, elles bousculèrent Marie pour faire, derrière Carla, leur entrée. Lorsque parurent les prostituées, le Commandant posa sur son pick-up, derrière le comptoir, un autre blues de Billie Holliday tandis que Marie-Louise éteignait, comme prévu, la lumière, ne laissant allumées que les appliques murales qui donnaient aux hommes un regard d'enfant. Lulu, dans une robe de cocktail à la cheville, fit tournoyer sa jupe à corolles en dentelle laquée noire sous le nez d'un docker qui, éberlué, en laissa choir le mégot qui tenait en équilibre sur ses lèvres gercées. Quant à Zaza, dans son fourreau court en guipure et sa blouse de soie, plus digne encore que la princesse Iris, elle s'approcha d'un représentant de commerce et lui offrit, en échange d'une coupe de mousseux, un camélia rose. Comme le client, gauchement, poussait un tabouret pour que la fille pût s'installer à ses côtés, Zaza, d'un mouvement expert, fit glisser sur son épaule tout un pan de son corsage, dénudant un sein. Un marin finlandais prit une photo d'elle avec un appareil Polaroïd, et lorsque circula parmi les hommes accoudés au bar le portrait de Zaza à demi nue, le trouble qui envahit ses voisins ne fit plus aucun doute. La chaleur et l'alcool aidant, les entraîneuses, malgré leurs beaux atours, perdirent toute timidité et les invités qui les pressaient de questions, et tournaient maints compliments sur leurs allures de femmes du monde, les entraînèrent près du buffet. Là, filles de joie et marins, tout en se bousculant pour se servir des rillettes et du pain, firent plus ample connaissance. Certains hommes,

240

oubliant la bonne éducation qu'exige la fréquenta-
tion de femmes revêtues de modèles aussi coûteux,
retrouvaient, dans ces yeux qu'elles avaient lourdement maquillés, un signe familier, une fraternité, et
rendaient hommage aux filles qui se trouvaient à
portée de leurs mains. Maryvonne, une brune aux
cheveux frisés et qui démarrait dans le métier,
superbe dans son tailleur noir parsemé de pois
blancs, gifla un malotru.

« Salope », maugréa l'homme, vexé. Déjà un
sous-officier grec, de passage à Lorient, levait le
poing qu'il assena sur la trogne du goujat.

« Halte-là ! » s'écria Marie Pitanguy qui se précipita entre les combattants, dans sa robe haut
fendue. Heureusement, pour faire diversion, une
fille grimpa sur le comptoir transformé en podium
improvisé et, sous l'œil ému des chalands,
commença une démonstration de French Cancan.
Le voyageur finlandais s'accroupit sous le bar pour
photographier les cuisses de la fille qui, galvanisée
par les cris de l'assistance déjà bien éméchée,
relevait la robe de chez Dior plus haut qu'il n'était
prévu. Lorsqu'elle envoya des baisers à son public,
ce fut du délire. Dans le halo rougeoyant qui
éclairait avec parcimonie son visage lourdement
fardé, déformé par le rire, à force de vulgarité, la
fille parvenait à une sorte de grâce. Ce fut ensuite
au tour de Zaza. Entraînée par l'exemple de sa
copine, elle grimpa sans encombre sur le comptoir,
envoyant du même coup valser quelques verres qui
se brisèrent aux pieds des buveurs. Zaza fit quelques pas sur le podium de fortune et malgré les
lazzi, les quolibets dont l'obscénité allait croissant,

parvint à tirer sa révérence, exhibant, sous sa robe du soir en macramé, des fesses rondes qu'elle montra sans ciller.

« Ça risque de mal tourner, murmura Marie Pitanguy à l'oreille de Ludmilla qui riait à gorge déployée.

— On voit que tu n'es pas d'ici, répondit l'adjointe de Marie-Louise d'un air pincé.

— C'est ici que je suis née, idiote », répondit Marie en applaudissant Zaza.

De toutes leurs vies pourtant mouvementées, les habitués des Voyageurs n'avaient vécu pareille aventure. Quant aux nouveaux venus, ils n'en revenaient pas de l'aubaine. L'alcool accentuait à leurs yeux l'étrangeté des femmes dont les tenues raffinées semblaient libérer en elles toutes sortes d'audaces.

« Aide-moi, dit Marie-Louise à sa protégée, ça va cogner. »

Un fort-à-bras menaçait en effet de renverser le buffet si Ludmilla, montée sur une table, n'enlevait pas le haut, et même le bas.

Marie décida d'agir. Elle se précipita en fendant la foule des marins hilares et grimpa à son tour sur le comptoir. Devant ses bouteilles, le Commandant, bras croisés, contemplait avec dédain la fête qui semblait dégénérer.

« Taisez-vous ! », cria-t-elle.

Aussitôt, le silence se fit. Dans la lumière d'un projecteur de hasard, Marie, dans sa robe rouge, les mains sur les hanches, dévoilait, à chaque pas, ses jambes. Elle s'immobilisa dans une attitude encore plus provocante que celle des prostituées qui l'avaient précédée sur le podium improvisé. Elle saisit un fume-cigarette et souffla la fumée sur le visage crispé par le désir d'un homme qui, au premier rang, s'imposait comme l'un des meneurs de cette assemblée. Il donna le signal des applaudissements et les fêtards, oubliant leurs penchants belliqueux, acclamèrent la femme en rouge qui les toisait, narines frémissantes.

« A poil, cria un quartier-maître, qui exprimait tout haut ce que la plupart pensaient tout bas.

— Porcs ! » hurla Marie-Louise.

Pour faire diversion, le Commandant posa un autre disque sur son pick-up et la voix tonitruante de Louis Armstrong recouvrit les plaisanteries de la foule en délire. Les marins qui s'approchaient du comptoir avaient du mal à contenir plus longtemps leur envie de grimper à leur tour sur le bar pour rendre un hommage vibrant à la robe rouge de Bethsabée. Pourtant, ils n'osèrent pas, car ils étaient intimidés par cette étrange femelle dont le regard lointain, le sourire complice les subjuguaient. Ils auraient tous accepté les conditions de cette femme qui, dans sa robe pourpre, clôturait avec éclat le défilé de mode. Pour mieux l'applaudir, ils se levèrent, mains tendues vers elle, et deux clochards du port, que le Commandant tolérait pour une fois dans son établissement, en restèrent bouche bée. Comme Marie se retournait vers la carte du monde, fichée des mille épingles indiquant les pays que le Commandant avait abordés, celui-ci s'approcha d'elle et jeta une rose à ses pieds. Elle se baissa, ramassa la fleur et envoya un baiser au seul homme qui eût compté dans sa vie. Puis, faisant de nouveau face à son public, elle sourit.

« Une chanson! » hurla un spectateur tandis que le docker prenait une photo de Marie.

Appuyée contre la rambarde de l'escalier qui menait vers les chambres, Marie-Louise se sentait fière. Cette femme qui dominait l'assistance, qui s'imposait, c'était son œuvre, après tout. Elle voyait se dérouler sous ses yeux émus toute la vie de Marie, comme un film en accéléré.

Le Commandant quitta son poste d'observation et rejoignit sa compagne :

« Tu vois, dit-il, elle n'a pas changé. »

Puis, comme les hommes se mirent à cogner qui sur le bar, qui sur les tables, qui sur les murs, entrechoquant leurs verres, les brisant, le cas échéant, pour forcer Marie à chanter, elle s'exécuta. Gagnée par cette liesse brutale, entraînée par l'enthousiasme des marins dont les plaisanteries obscènes ne la choquaient pas, elle leur envoya des baisers. Les mêmes, en quelque sorte, qu'elle avait improvisés sur la scène du Palais Garnier. Elle chanta donc, esquissant quelques pas de danse, tandis que les spectateurs l'acclamaient, tant leur plaisir était grand qu'elle se conformât à leur désir. Puis, avisant sur le comptoir un foulard qui traînait à ses pieds, Marie Pitanguy se baissa soudain, et, en un geste gracieux, le noua sur son front.

« Voilà, dit-elle, la bouche collée au micro, je vais choisir l'un d'entre vous et le hasard seul décidera. » Elle prononça ces quelques mots sans réfléchir, étonnée qu'elle pût renouer avec d'anciennes habitudes, si naturellement. Lui revenait en mémoire l'officier qu'elle avait entraîné chambre 27 ; vingt ans après c'était le même refus, le même plaisir de transgresser les lois.

Les hommes lui firent un triomphe. « Et tu prends combien ? » cria un marin, qui disait haut ce que tous pensaient.

« Trop cher pour toi, matelot », répondit-elle en se penchant vers eux, les yeux cachés par son bandeau blanc, cherchant, sur ces visages qu'elle frôlait du bout des doigts, celui qui lui plairait assez ce soir-là.

Telle une aveugle qui aurait perdu sa canne et son chien, Marie Pitanguy saisit les mains qu'on lui tendait. Tâtant ici une tignasse, là une épaule, elle fit mine d'hésiter avant de choisir son compagnon. Pour finir, s'appuyant sur deux costauds qui levaient les bras vers elle dans l'espoir qu'elle s'agripperait à l'un d'entre eux, elle descendit du comptoir. Près du buffet dévasté, les filles de Marie-Louise admiraient le savoir-faire de l'étrangère. La robe de Zaza était déchirée, le cardigan de Carla avait perdu ses boutons dorés, et quant à la blouse de Lulu, elle empestait le vin, car son voisin venait de renverser sur sa dulcinée un verre de muscadet. Dans un coin, un marin alluma en douce le poste de télévision posé sur une étagère, et face au visage de Marc Ferrier, interviewé par Jacques Larange, grommela en refermant le bouton : « Ce qu'il a l'air bidon, celui-là. »

Un quartier-maître au fort accent étranger barra la route de Marie qui avançait, bras tendus vers le fond de la salle. Malgré le bandeau qui l'aveuglait, elle l'écarta avec une moue de dédain.

Le Commandant servait à boire à la ronde, mais sur son front, Marie-Louise vit couler des gouttes de transpiration.

« Qu'elle se décide », cria un type à la mine patibulaire, en tricot rayé, qui buvait verre sur verre sans broncher.

Marie fit demi-tour, se dirigea vers le comptoir. Chacun, dans la salle, qui sentait le tabac, la sueur et le mauvais parfum, s'arrêta de respirer. Elle n'allait quand même pas choisir le patron, non ? Elle tendit la main vers le Commandant, qui baissa les yeux, pour cacher son trouble, ou son agacement, nul ne sut vraiment. Puis, elle lui tourna le dos et gagna le fond de la salle. Devant une table près de la porte, Marie s'arrêta soudain. Chacun retint son souffle.

« Tu es seul, moussaillon ? » s'étonna-t-elle après qu'elle eut vérifié, en tâtant la chaise vide en face du client, qu'en effet l'homme buvait en solitaire. Comme il ne répondait pas, elle s'approcha. Il se cacha la tête dans les mains. Elle dénoua les doigts serrés contre ce visage, frôla son front, força l'inconnu à relever la tête, suivit du bout des doigts la courbe du menton, puis remonta, d'une caresse, vers les yeux clos. Elle appuya sur les paupières et soupira : « Ouvre les yeux, je ne suis pas une garce, la honte de la famille. Je suis Marie Pitanguy, matelot. »

Dans le bistrot régnait à présent un silence absolu. On eût entendu une mouche voler.

« Tu pleures ? » murmura-t-elle, surprise. Derrière son comptoir, le Commandant pâlit. Marie-Louise s'approcha et prit son bras :

« Laisse-la faire, laisse », dit-elle doucement au Corse qui, blême à présent, se tourna et donna un coup de poing sur la porte de son bureau.

« Tu as gagné, voyageur », dit Marie en poussant la chaise vacante pour s'installer en face de celui que la chance avait désigné.

Les autres, qui enviaient l'homme aux cheveux blancs, se mirent à l'applaudir. Elle avait choisi. Le hasard avait décidé. Marie souriait et ne vit pas, et pour cause, que l'homme se levait précipitamment. Profitant du chahut général, et de ce que Marie ne le touchait plus, il s'enfuit sans que quiconque dans la salle survoltée eût le temps de le retenir ou d'alerter la femme en rouge. Toute seule face à la chaise vide, Marie Pitanguy, les yeux ceints du foulard blanc, fumait, éclairée par la lueur dansante d'une bougie, qui accentuait la pâleur de son teint.

« Fermez les yeux, monsieur, et serrez-moi contre vous. Respirez mon parfum. Touchez mes cheveux. Je suis celle dont l'absence paraît intolérable », dit-elle tout bas en écrasant sa cigarette.

C'est bizarre, songea-t-elle, j'ai déjà dit ces mots-là à quelqu'un. La plaisanterie avait assez duré, elle arracha soudain le bandeau blanc, et poussa un cri.

« Il est parti ! »

Soulagé, le Commandant s'écria :

« A boire pour tout le monde, c'est ma tournée, et c'est la fête des Voyageurs ! »

Pour la troisième fois, il posa sur son tourne-disque un album de Billie Holliday, mais l'appareil après toutes ces années avait des ratés, et le disque était rayé. « *I'm glad you're back. Don't explain* », répétait, à l'infini, la voix de la chanteuse noire. Agglutinés au comptoir, autour du Corse, filles et marins riaient, et la serveuse ne parvenait pas à les servir tous à la fois. Marie-Louise rejoignit Marie, qui, seule, son foulard à la main, contemplait la chaise vide en face d'elle.

« Je n'ai jamais vu ce type dans le coin, soupira la patronne, prenant place en face de Marie.

— Regarde, il a oublié quelque chose ! »

La Parisienne s'empara de l'objet qu'elle contempla longuement.

« Marie, souffla la patronne, je crois que c'est aussi bien qu'il soit parti. »

Marie Pitanguy se leva et courut vers la sortie. Elle passa comme une folle devant le perroquet du Commandant qui, désormais empaillé, avait fini par trouver la pose qui lui convenait. Tandis que les hommes l'avaient déjà oubliée, que les filles riaient dans leurs robes saccagées, Marie Pitanguy fit quelques pas dans la rue déserte.

« C'était mon père, dit-elle entre deux sanglots. » Marie-Louise la suivait, inquiète.

« Ne dis pas de bêtises.

— C'est sa pipe. J'en suis sûre. Il l'avait achetée au Mexique, il y a longtemps.

— Tu rêves ma fille. D'ailleurs ton père, par moments, je me demande si ce n'est pas le Commandant », ajouta la patronne qui, dans l'ombre, scrutait le visage de Marie. Celle-ci ne pleurait plus. Pour marcher à son aise, elle dut relever les pans de sa robe de fête. Toutes deux cheminaient en silence, au milieu de la chaussée, sous un ciel bleu marine criblé d'étoiles.

« Tiens, on voit la Grande Ourse! » Marie-Louise voulait faire diversion mais Marie ne leva pas la tête. Elle regardait sans les voir ces ruelles tortueuses, absolument identiques, qui semblaient toutes aboutir rue de la Soif. On aurait dit un labyrinthe au dessin compliqué par l'obscurité. Sans la patronne, aurait-elle retrouvé son chemin?

« Allez, viens, on rentre, il commence à faire froid! »

Marie-Louise prit d'autorité le bras de la voyageuse.

« C'est vrai, le soir, on se croirait déjà en automne, tu ne trouves pas? »

Marie-Louise ne répondit pas.

Elles firent demi-tour et finirent par retrouver la façade de l'hôtel, sur laquelle des ampoules clignotaient avec une régularité désarmante. Et longtemps après qu'elles eurent refermé la porte des Voyageurs, vus de l'extérieur, les lampions de la fête formaient une drôle de petite lueur dans la nuit.

DU MÊME AUTEUR

Chez d'autres éditeurs

LE NOUVEL HOMME, *Jean-Claude Lattès,* 1978.

PORTRAIT D'UN AMOUR COUPABLE, *Grasset,* 1981,
  Prix du Premier Roman.

UNE FEMME AMOUREUSE, *Grasset,* 1984.

Impression Bussière à Saint-Amand (Cher),
le 6 octobre 1988.
Dépôt légal : octobre 1988.
N° d'imprimeur : 4432.
ISBN 2-07-038073-4./ Imprimé en France.